# 願い事の木～Wish Tree～

欧州妖異譚19

篠原美季

講談社X文庫

目次

# CHARACTERS

ユウリ・フォーダム
イギリス貴族の父、日本人の母の下に生まれる。霊や妖精が見えるなど、不思議な力を持っている。
シモン・ド・ベルジュ
フランス貴族の末裔。実務に優れた美貌の貴公子。ユウリの親友で現在はパリ大学に在学中。

# 願い事の木 ～Wish Tree～ 欧州妖異譚19

イラストレーション／かわい千草（ちぐさ）

# 願い事の木〜Wish Tree〜

ウィッシュ ツリー

# 序章

五月。

花と緑に囲まれた広場には、大勢の人が行き来していた。

つかず離れずの距離を保って歩く老夫婦。

子供の手を引く母親と荷物を抱えた父親。

若い恋人が仲睦(むつ)まじげに歩くそばを、妖精(ようせい)の恰好(かっこう)をした子供の集団が叫び声をあげながら駆け抜けていく。

その日、五月一日(メーデー)を迎えたイギリス、ヨークシャーの地方都市では、毎年恒例となっているお祭りが開催されていた。

近所に住むレイチェル・トレイトンも、幼い娘を連れてこの祭りに参加するためにやってきた。

彼女は、小さい頃からこの華やかで明るさに満ちた五月祭が大好きで、ついには、娘の名前を「メイ」と名づけてしまったくらいである。五月のように、穏やかで豊潤な人生を送れるようにとの願いを込めて――。

そんな娘も、今年で七歳。

母親に似て鼻筋の通った、少しきつめの顔立ちをした少女である。

亜麻色の髪に緑色の瞳。

近頃は、出かける時の髪型にああだこうだ注文をつけてくるくらい自己主張をするようになってきた。

「メイ、ちょっとそこにいてくれる？　すぐだから、そばを離れちゃだめよ」

言いながら握っていた娘の手を放したレイチェルが、店先に並べられたジャムの瓶を取り上げる。

綿あめのようなピンク色の手作りドレスを着てご満悦な娘は、言われたとおり、サンザシの茂みの下に立って、あたりをワクワクした目で見まわした。

周辺に並ぶ出店のテントはカラフルな風船で飾られ、地元産の果物で作られたジャムや果実酒などが売られている一方、中心部の緑地には花とリボンで飾られた五月柱が立てられ、そのまわりでモリスダンスを踊る男たちがいたり、生演奏を披露している楽団、さらには、彼女と同じような妖精風の衣裳を身に着けた子供たちがかたまって遊んだりしていて、みな楽しそうに騒いでいた。

見ているだけで、高揚感の湧いてくるお祭り。

幼いメイは、このあと、隣の店で売っているカップケーキを買ってもらう算段をしながら、なんの気なく茂みの下に座り込む。

五月柱（メイポール）の向こう側には、樹木の精霊といわれる「緑のジャック（ジャック・イン・ザ・グリーン）」のつもりなのか、全身緑色の服を着て顔も緑色に塗った呼び込みのおじさんが立っていて、道行く人に案内の紙を配っている。

聞こえてくるのは、人々のざわめきと陽気な音楽。

それらが、ふとメイのまわりから遠ざかり——。

「君、一人？」

ふいに近くで声をかけられ、メイは顔を向けた。

そこに、一人の少年が立っている。

節くれだった指をした痩（や）せた少年だ。

メイが答える。

「うん。一人」

「何をしているの？」

「おかあさんを待っているの」

「なら、迎えが来るまで、ボクと遊ばない？」

「いいけど、何をして遊ぶの？」

「なんでも。『なぞなぞごっこ』とか」

言いながら差し出された手を取り、メイは立ちあがった。一瞬、クラリと眩暈がしたように思えたが、倒れることなく、メイは少年と遊び始めた。

「まずは、『名前当てクイズ』から――」


目当てのジャムを買ったレイチェルが、娘のほうを振り返る。

「お待たせ、メイ」

だが、そこに、娘の姿はない。

レイチェルは、ドキリとして周囲を見まわす。

「メイ⁉」

呼びながらどんなに目を凝らしても、そこに愛娘の顔は見出せない。

レイチェルの異変に気づいた店の主人も心配そうな顔をして外に出てきて、一緒にあたりを見まわしてくれる。

「あれまあ、娘さん、どこに行っちゃったんだろう？」

「わかりません。今しがたまでここにいたのに」

「うん。わしも見ていたよ」

「ヤダ、どうしよう。メイ――」

レイチェルの顔が歪む。

楽しいはずの時間が、恐怖へと変わった瞬間だ。

ジャムを手にしてから買うまでの時間は、ものの数分でしかなかった。しかも、一瞬前まで、間違いなく、メイは彼女のそばにいた。

遠くへ行ってしまわないよう。

変な人物に声をかけられないよう。

どれほど買い物に気を取られていても、無意識のうちに娘の存在を近くに感じ取っていたはずなのに――。

娘は、いなくなった。

あまりに忽然と。

「メイ！　どこにいるの、メイ!?」

そうして取り乱したレイチェルが実行委員会の本部に駆け込み、通報を受けた警察が来て村人たちと捜索を始めたが、幼いメイが見つかることはなかった。

# 第一章　楽しみな週末

## 1

イギリスの首都、ロンドン。

その北部に位置するハムステッドに建つフォーダム邸では、長男のユウリ・フォーダムが朝の支度(したく)を終えて食堂へと降りてきたところであった。

窓が広く取られた室内にはまばゆいばかりに陽光が射(さ)し込(こ)み、晴れやかな五月の風が食卓に飾られた花々を揺らしている。

なんとも清々(すがすが)しい朝だ。

詩人の喩(たと)えではないが、それこそ朝露の一つ一つに神の恩恵が宿っているような、そんな健やかな朝である。

テーブルには、すでに、この家に居候(いそうろう)中のアンリ・ド・ベルジュが着席していて、コーヒーを飲みながら手元のタブレット型端末を見ていた。毎朝の習慣で、イギリスとフランス両国のニュースをチェックしているのだろう。というのも、彼は、イギリスで暮らしていながら英国人ではなく、フランス貴族の末裔であるベルジュ家の次男という、れっきとしたフランス人だからだ。

この家には、異母兄のシモンとユウリがパブリックスクール時代の大親友であったことから、アンリのロンドン大学への入学を機に居候が決まり、今に至っている。

「おはよう、アンリ」

「やあ、おはよう、ユウリ」

顔をあげたアンリに、ユウリが訊く。

「なんか、今、深刻そうな表情をして画面を見ていたけど、何か悪いニュースでも出ていた？」

「うん、まあ、そうだね。他人事ではあるけど」

そう言い置いたアンリが、「ほら、例の」と続ける。

「ヨークシャーで、今月頭に女の子が行方不明になったって事件」

「ああ、あれ……」

ユウリが、席に着きながら表情を翳らせて応じる。

爽やかな朝に、忍び入る暗い影。

「メイ・トレイトンだったよね。あれがどうしたの？」

「まだ、手がかりがまったくないそうだよ。生きているのか、死んでいるのかもわからないらしい」

アンリの告げた事実に対し、小さく首を振ったユウリが悲しそうに呟く。

「……かわいそうに」

なんとも気の重い事件である。

せめて、生死だけでもわかるといいのだが――。

どんよりするユウリに、アンリが訊いた。

「もう写真を見た？」

「テレビで見たけど、あまりきちんとは見ていない」

「いちおう、もう一度見ておく？」

「ああ、うん、そうだね」

見たからといって役に立つとは思えないが、万が一ということもある。すれ違ったりした時に、顔がわかっているのといないのとでは大違いだからだ。

そこで、画面を横から覗き込んだユウリが言う。

「可愛い子だよね」

「たしかに」

応じたアンリが、「ちなみに」と続ける。

「いなくなった時に着ていたのは、ピンク色の生地で作った妖精風の衣裳らしい」

「へえ」

どうやら、アンリの場合、早朝にジョギングに出てから今までの間に、さまざまな媒体でこのニュースを見たようだ。

黒褐色の髪に黒褐色の瞳。

名門ベルジュ家の名にふさわしい上品さを保ちつつ、兄のシモンにはない野性味を兼ね備えたアンリは、頭もよく、何より、雑多な情報で溢れ返る現代にあって、中間的な視点で物事の本質を捉える資質に恵まれている。

アンリが、さらに知っている情報を付け足す。

「そういえば、当日、そばにいたという母親もかわいそうで」

「……ああ」

「さっき、テレビを通じて情報提供を呼びかけていたけど、やつれ果てていた」

「そうだろうね」

その心境たるや、推して知るべしである。

応じたユウリが、祈るように呟いた。

「少しでも早く、見つかるといいけど……」

煙るような漆黒の瞳。

絹を思わせるつややかな黒髪。

英国子爵の父親と日本人の母親の間に生まれたユウリの東洋風な顔立ちは、決して際立って整っているわけではないのだが、立ち居振る舞いの奥ゆかしさやほっそりとした首筋から匂い立つような清潔感が、彼のことを、なんとも浮き世離れした美しい存在に仕立てあげている。

朝食を終えたユウリは、いったん自室に戻り、大学に持っていくリュックを取り上げた。

さらに充電器に繋いであった携帯電話を手に取り、リュックにしまおうとしたところで、いくつか着信が入っていることに気づく。

ざっと見る限り、緊急のものはなさそうであったが、一つだけ、とても意外な人物からメールが入っていたため、ユウリは、部屋を出る前に、そのメールにだけは目を通してしまう。

それは、日本にいる母方の従兄弟である幸徳井隆聖からのもので、彼らしい淡々とした短い文章で、絶対的な命令がくだされていた。

曰く。

荷物が届き次第、連絡しろ。


なんの荷物であるとか。

どういう用件であるとか。

そんな説明はいっさいない。

当然、ユウリは不思議に思う。

「……荷物？」

そんなものが送られてくるいわれはまったくなかったが、古都京都に千年続く陰陽道宗家の後継ぎである隆聖の、この手の一方的かつ強引なやり方には慣れっこになっているため、ユウリは、一つ溜め息をついてしまうと、すぐに頭を切り替えた。

「まあ、来ればわかるか」

それで、そのことはしばし忘れることにして、携帯電話をリュックにしまう。

未来より、大切なのは現在である。

そんなことを思いながら壁の時計を見あげたユウリは、思いの外、過ぎていた時間に対し、「あ、ヤバい」と呟くと、大慌てで部屋を出ていった。

## 2

「ユウリ」

大学の正門を出たところで、ユウリは背後から呼び止められる。

振り返るまでもなく、そこには、親しい友人の一人で、現在、ロンドン大学におけるユウリの最大の庇護者を自任しているアーサー・オニールの麗しい姿があった。

「やあ、アーサー」

挨拶しながら、ユウリは数日ぶりに目にした華やかな相手をまぶしげに見あげる。

燃えるような美しい赤毛にトパーズ色の瞳。

均整の取れた身体つきに、雑誌からそのまま抜け出てきたような洋服をまとったオニールは、ロンドン大学に通うかたわら、英国俳優としても活躍している、今を時めくスーパースターであった。

それだけに、並んで歩くと人目を引く。

だが、オニールは周囲の視線などいっこうに気にした様子もなく、自然とユウリが壁側になるように歩き出しながら、「なんか」と嬉しそうに言った。パブリックスクール時代からの友人同士である二人は一緒にいても気取らずにいられる関係で、それは、オニールが有名になった今も変わらない。

「久しぶりだよな。ここのところ、すれ違いが続いていたから」

「たしかに」

大学の授業は、教授のパーソナルスペースで行われることも多いため、同じ学部でも校内で顔を合わせることはめったにない。

ましてて、学部が違えばなおさらだ。

ただ、ふだんから、彼らは、ユウリとオニールを中心とする親しい仲間でランチを取ることが多く、ほぼ毎日顔を合わせていた。それでも、二年生も終わりに近づき、おのおの忙しくなってきていることもあり、最近は全員揃(そろ)うことが少なくなっている。

ユウリが、「とはいえ」と続けた。

「実際は、三日くらい？」

「三日も、だ！」

まるで付き合いたての恋人同士のような主張であったが、オニールにとって、ユウリというのはそれくらいいなくてはならない心のオアシスなのだ。

苦笑したユウリが、「あ、そういえば」と顔をほころばせる。

「おめでとう。ユマに聞いたけど、本格的にハリウッド・デビューが決まったんだって？」

「ああ、うん」

軽く前髪をかきあげたオニールが、意外にも複雑そうな表情で応じる。

「ただ、僕としては、大学を卒業するまでは、当然国内の仕事だけにとどめるつもりでいたから、正直、まだ戸惑っている」

「そうなんだ」

「でも、将来、俳優で食べていくなら、このチャンスは逃さないほうがいいと事務所の人間にさんざん説得されたのと、あと、撮影期間は夏休みの範囲内でという好条件でもあったから、今回はオファーを受けることにした」

「へえ」

どうやら、その話しぶりからして、オファーだけなら、これが最初というわけではなさそうだ。オニールの場合、世界中にSNSのフォロワーがいて、その数が映画の興行成績に反映されるとなれば、それも当然のことといえよう。

最近は、制作者側が出演者を選ぶのではなく、フォロワー数という大きな財産を持つ出演者側が制作者を選べる時代になってきていた。

ユウリが賛成する。

「たしかに、いいチャンスだと思うよ」

「まあね」

応じたオニールが、「それに」と続けた。

「やると決めたからには、最大限、楽しむつもりだ」

「うん。アーサーなら、絶対に成功する。――僕も陰ながら応援するし」

「マジ？」

何げなく付け足したユウリの言葉を素直に受け止め、オニールが「それなら」と提案した。

「夏休み、アメリカに来ないか？」

「え、何しに？」

まさか、マネージャーでもしろというのではないかと疑ったが、そういうことではないらしい。

「もちろん、遊びに」

即答で応じたオニールが、「実は」と教える。

「今回の契約には、予備日としてバカンスの期間が含まれているので、一緒にロサンゼルスで豪遊しよう。ラスベガスに行ってもいいし」

それのどこが応援になるのかわからなかったが、ユウリはあっさり頷(うなず)いた。

「ああ、それ、いいかも。せっかくだから、ユマやリズやオスカーも誘って陣中見舞いに行くよ」

とたん、オニールが、眉をひそめて文句を言う。

「ユマとリズはいいとして、なんで、そこにオスカーが入るんだ?」

全員、ランチ仲間であれば、ユウリとしては当然のことであったが、どうやらオニールの認識は違うらしい。

「だから、アーサー」

ユウリが、いささか本気モードで苦言を呈す。

「そういう子供じみたことは、そろそろ言わないでほしいんだけど」

「はん。僕が子供じみているんじゃなく、アイツが生意気なんだよ」

「そうだとしても、それこそ年上なんだから、もっと鷹揚でいないと」

「それを言ったら、年下は、謙虚じゃないと」

「アーサー」

ユウリが、溜め息とともに名前を呼び、「だいたい」と続ける。

「たとえ学年が一つ下だって、いつも一緒にご飯を食べている仲間なんだし、夏休みなら、きっとシリトーもアメリカに戻っているから、呼び出して、みんなで遊べば楽しいと思うよ」

「……なるほど、シリトーね」

オニールが意外そうな表情になってから、納得する。

「そういえば、彼、卒業後はアメリカに戻るんだったな」

会話に出てきた名前のうち、エドモンド・オスカーとアーチボルト・シリトーはユウリたちと同じパブリックスクールの出身で、シリトーに至っては、この夏に卒業することが決まっている在校生だ。

そして、ほとんど知られていない事実であったが、アメリカ人であるシリトーは、卒業と同時に、故郷であるアメリカへ帰ることになっていた。

オスカーのほうは、先ほどからさんざん言われているとおり、ユウリやオニールより一つ下の学年に属し、ユウリとは寮が一緒だったが、寮も学年も違うオニールとは、在校中から若干犬猿の仲である。

もっとも、その理由が、ユウリとの関係性にあり、学年が違っても寮が一緒のオスカーと、寮は違うが学年が一緒のオニールが、どちらも自分のほうが優位だと主張して引かないというなんとも稚拙なものであるため、渦中のユウリ自身、ふだんからあまり相手にせずにいる。

そんな男性陣に対し、女性陣はといえば、ユマ・コーエンがオニールの従兄妹で、さらに同じ劇団の看板俳優と看板女優という関係性になり、金髪緑眼の美女である「リズ」ことエリザベス・グリーンは、その華やかで麗しい見た目を特に生かすでもなく、社会的弱者の味方になれるよう弁護士を目指し、ひたすら勉学に励む日々であった。

「だけど、そもそも」

オニールが、ユウリの提案に反論した。

「簡単に『みんなで』と言ったけど、旅費はどうするんだ。まあ、ユマはいいとしても、オスカーやリズにとっては、かなりの負担になるぞ」

英国子爵でかつ世界的に有名な科学者を父親に持つユウリと、英国を代表する大女優を母親や叔母に持つオニールやユマが、いわゆる世に「セレブ」といわれる家の子供たちであるのに対し、父親が弁護士のオスカーはどちらかといえば庶民に近いし、エリザベスに至っては、もともと養護施設の出身で、裕福な家庭であるグリーン家の養子となった今も、あまり派手な暮らしはしようとしていない。

「そうだね」

認めたユウリが、続ける。

「それに、もちろん、旅費云々の前に、この話は、本人たちが本当に行きたいかどうかが一番の問題であって、行きたくもないのに連れていく必要はまったくない」

「そりゃ、そうだ」

「でも、もし、本当は行きたいけど、そこまでの旅費は捻出できそうにないというのであれば、そうだな、こんな機会だし、行き先がアメリカなら、シモンは間違いなくプライベートジェットにするはずだから、そこに便乗させてもらうという手があるかもしれない」

「――プライベートジェット！」

軽くトパーズ色の瞳を見開いたあと、オニールが苦々しい表情になる。

つまり、名前をあげるまでもなく、ユウリにとって、シモンが一緒であることは大前提だったようで、そのシモンを、昔から最大のライバルとみなしているオニールにしてみれば、「結局、そうなるか」という思いが強い。

だから、そのあと、呑気（のんき）に「まあ、あとは泊まるところだけど……」などと算段しているユウリに対し、なかばやけくそ気味に告げた。

「そんなの、プライベートジェットを出すくらいなら、ついでにビバリーヒルズあたりに高級ヴィラでも借りてもらって、全員ただで泊めてもらえばいい」

「――いや、さすがにそこまでは」

自分一人なら、口が裂けても「プライベートジェットに便乗させてほしい」などとは言わないユウリであれば、慌てて「まあ」と話を終わらせる。

「あくまでも仮定の話に過ぎないし、今は格安航空券もあるから、シモンを頼らずともなんとかなるかもしれない。――オスカーとか、そのへんは詳しそうだし」

すると、彼らの会話を聞いていたわけでもないだろうに、ユウリの携帯電話にシモンから着信があった。たまたま店に入る前にメールをチェックしようと手に持っていたユウリは、これ幸いと電話に出る。

「あ、シモン?」

そんなユウリを見て肩をすくめたオニールは、指で店内を示すと、先に一人で入っていった。

その背を見送るユウリの耳に、この上なく優雅で甘く響くシモンの声が聞こえる。

『やあ、ユウリ。——珍しいね、君が電話に出るなんて』

「ああ、うん。ちょうど手に持っていたんだ」

『なんにせよ、電話にして、大正解だったな』

軽やかな笑いとともにそんなコメントがされるが、聡いシモンのことであれば、おそらくそれくらい見越したうえでのこのタイミングなのだろう。

シモン・ド・ベルジュ。

ヨーロッパにその名を轟かせるベルジュ家の後継者で、その看板を背負うにふさわしい優美で知的な貴公子だ。

百年に一人といえるくらいの逸材であるシモンは、その圧倒的な存在感でもってパブリックスクール時代からユウリのもっとも親しい友人かつ絶対的な守護者として不動の位置を占めてきた。

その関係性は、パリ大学の学生になり、ユウリとは海を隔てた場所にいるようになった今も、変わらない。

シモンと話し始めたユウリは、今しがた、仮定のこととはいえ、勝手にベルジュ家の財力を当てにしたことを反省する。

すると、気配で察したのか、シモンが心配そうに尋ねた。

『どうしたんだい、ユウリ。元気がないようだけど？』

「そんなことないよ。ただ、ちょっと自己嫌悪に陥っているだけ」

『なぜ？』

「おのれの浅ましさに嫌気がさして」

『浅ましさって――』

シモンが、実に意外そうに告げる。

『それは、びっくりだな。何があったのかはわからないけど、君という人間を知っている僕からすると、君が浅ましければ、世の中の人間はことごとく反省すべきだ。――もちろん、僕も』

優しく慰めてくれる友人に対し、ユウリが「ありがとう」と礼を述べ、そのことは脇にやることにする。

「それはそれとして、シモンこそ、急に電話をくれるなんて、何かあった？」

シモンとは、先々週、フランスで会ったばかりだ。

とはいえ、その時は、れっきとした用事があって忙しく移動したりしていたため、二人でゆっくり過ごすことはできずに終わった。

そこで、近々会おうとメールでやり取りしていた矢先の電話だ。

『いや。何もないよ』

安心させるように応じたシモンが、理由を説明する。

『電話したのは、早いうちに君の予定を押さえておきたいと思ったからなんだ』

「予定？」

『うん（ウィ）』

母国語で肯定したシモンが、『ユウリ、君』と英語に戻して続ける。

『今週末は空いている？』

「今週末——」

『できれば、金曜の夕方から』

そこで少し考えたユウリが、答える。

「特に予定はないけど、なんで？」

『実は、チェルシーに行く用事があるので、よかったら、君もどうかと思って』

誘ったあとで、『もちろん』と付け足す。

『そのあとは僕も身体が空くので、土曜日も、一緒にどこかに出かけられればと思っているんだけど』

「行きたい！」

一も二もなく即答したユウリが、「もしかして」と訊き返す。

「チェルシーの用事って、フラワーショー？」

『正解。さすが、ユウリ。勘が冴えている』

シモンは誉めてくれたが、園芸好きのイギリス人にとって、この時期のチェルシーといえばそれしかないというくらい有名な花の祭典である。歴史もあり、王室関係者はもとより、女王陛下も足をお運びになるくらい格式の高いイベントなのだ。

それだけに、フランス人のシモンからのお誘いとは、意外である。

「でも、また突然だね。――まさか、ベルジュ・グループが協賛に加わったとか？」

『それはないよ』

否定したシモンが、『そうではなく』と説明する。

『以前、ロワールの城で庭師見習いをしていた人がずいぶん前に独立し、作庭家として認められるためにがんばっていたんだけど、ここに来て、ついに念願だったフラワーショーへの参加が認められたということで、招待券を送ってくれたんだ』

「へえ。すごいな。フラワーショーに参加するのって、ものすごい倍率のはずだから」

『らしいね』

応じたシモンが、確認する。

『どう。興味ある？』

「もちろん」

食い気味に肯定したユウリが、「実は」と打ち明ける。

「前から行ってみたいと思っていたんだ」

『なんだ。言ってくれたら、いつでもチケットを取ったのに』

あっさり言ったシモンが、『それなら』と言う。

『決まりだね。――いちおう、金曜日の夕方ということで』

「わかった。楽しみにしている」

『僕もだよ』

そこで電話を切ったユウリは、ワクワクしながら店内へと入っていった。

3

一人の青年が、手にした木箱を開けようとしていた。

それを見て、男は叫ぶ。

――やめろ、それに触るな！

だが、声は声にならず、喉元（のどもと）に引っかかって終わる。

その間も、見知らぬ青年はその変わった木箱を無心に開けようとしていたが、木目で模様を描き出した美しい箱の表面はつるりとしていて、どこから開けたらいいのかわからないようだ。

先ほどから、開けるのにかなり手間取っていた。

男は、ふたたび叫ぶ。

――だから、やめてくれ。開けては駄目だ。それは、禁断の箱なんだ！

開けてはならない、禁断の箱。

代々、彼の家に禁忌のものとして伝わり、どんなことがあろうと、決して開けてはならないと言い含められてきた。

祖父も。

曾祖父も。

親から子へ。

子から孫へと、受け継がれてきた戒め。


**絶対に開けてはならぬ。**

**何があろうとな。**


万が一にでも箱が開いてしまったら、その時は、恐ろしいことが起きる。

だからこそ、簡単には開けられない箱にしまってあるのだ。

それをわかってもらえるよう説得しようとするのだが、今回も、彼のかすれた声は相手に届かず、空しく宙に消えていく。

目の前にいるのに声が届かない。

なぜなのか。

試しに「あああ」と声をあげてみるが、やはりまともな声にならなかった。まるで喉を押しつぶされてしまったかのように、まったく声が出ないのだ。

いったいどうしてしまったのか。

自分の身に何が起きていて、どうやったら、あの青年の愚行を止められるのか。

（いや）

そこで、男はふと思う。

青年は、木箱を開けようとしている。

だが、そもそも、彼はなぜ、木箱を手にすることができたのか。

なんといっても、あの木箱は。

（然（しか）るべき場所に保管されているはずなのに――）

と、その時。

あちこちいじりまわしていた青年の顔に、パッと会心の笑みが浮かぶ。

開いたのだ。

長い時を経て、ついに木箱は開いた。

どうやら、青年自身、どうして開いたのかわかっていないようであったが、とにかく蓋（ふた）は開き、次の瞬間――。

ブワッと。

箱から何かが飛び出した。

黒い霧のようなそれは、目にも留まらぬ速さで窓を突き破り——。


ガチャン！

窓ガラスの割れる音を聞いて、男は目を覚ました。

どうやら夢を見ていたらしい。

ひどく嫌な夢だ。

全身にびっしょりと汗をかいている。

なぜ、あんな夢を見てしまったのか。

しかも、夢とは思えないくらい真に迫っていて、男はふと不安になる。

（……あの木箱）

あれは、かつては家に置いてあったが、万が一にも誰かが開けてしまわないよう、今では彼らの手の届かないところに保管されている。

だから、絶対に安全であるはずなのだが、なぜか、妙に背筋がゾワゾワしていた。

それに、最後に聞いたガラスの割れるような音は、実際に寝ている彼の耳に届いた現実の音ではなかったか。

なにせ、その音で目を覚ましたくらいだ。

考え始めたら気になって眠れなくなってしまった男は、ベッドを出て、家の中を点検し始める。

十九世紀半ば、園芸家でもあった先祖が己の土地で採れる果物を自家製ジャムにして売って以来、彼の家は廃れることなく、現在まで続いている。家も、城というには小さいが、それなりに立派な屋敷を構えていて、そこに息子夫婦を含めた家族六人で暮らしている。

彼は、就寝中だった息子や独身の娘も起こし、手分けして家中を調べさせたが、特に異状はなく、どこかのガラスが割れた様子もなかった。

「やあねえ、お父さん、夢なんでしょう?」

欠伸を嚙み殺しながら言った娘の言葉に、「本当だよ」と同調した息子が、「ったく」と生意気にも文句を言う。

「いい迷惑だ。こっちは仕事で、明日の朝、早いっていうのに」

「ああ、悪かった」

これもすべて家内の安全のためであれば、彼らに文句を言われる筋合いはまったくなかったが、異状がないと知ってホッとしていた彼は、謝罪を口にし、ふたたび寝室へと戻っていった。

ベッドに入り、横になったところで、思う。
(夢か……。まあ、そうだよな)
あれが夢であるのは、わかっている。
だが、なぜか、彼は落ち着かず、とてつもなく嫌な予感がしてならなかった。
(明日)
男は、寝返りを打ち、次第に睡魔に襲われ始めながら考えた。
(やはり、いちおう確認してみよう)
そのほうが、安心である。
明日、あの男に電話をして確認する。
あの木箱が、まだあそこにあるかどうか——。

4

金曜日。

ユウリは、夕方になってパリから来たシモンと合流し、フラワーショーを見るべく、電車でチェルシー地区へと向かった。

午後五時を過ぎた今も、あたりはまだ昼間のように明るい。

「うわ、すごい人だね」

メインゲートをくぐったところで、ユウリが思わず声をあげる。

ここまでの道のりも、ほぼ人波に沿って歩いてくる感じではあったが、場内はいっそうの混雑ぶりである。

毎年五月の下旬に開催されるチェルシー・フラワーショー。

会場となる王立病院の敷地(しきち)には、三十以上のショー・ガーデンが造られ、それぞれテーマに沿った草花で彩られる。

例をあげると――。

動物愛護を訴える庭。

戦死者を悼(いた)む庭。

詩を讃(たた)える庭。

希望を見出(みいだ)すための庭。

中には、日本人の出展もあり、和の心を存分に味わえると評判のようである。

他にも、会場内には、植物が展示されているグレート・パビリオンやガーデン・ショップなどもあり、あちこちに設けられた休憩所は休んでいる人たちで大賑(おおにぎ)わいだ。

「これでも、まだマシなほうだと思うよ」

答えつつ、人とぶつかりそうになったユウリの肩に腕を回して自分のほうに引き寄せたシモンが、「ニコラが言うには」と続けた。

「初日のメンバーズデーがいちばん人気であるそうだから」

「へえ、そうなんだ」

「まあ、花は生ものだから、当然、初日がベストの状態なわけで、できれば、その日に来るのがいいのだろうけど、さすがに、平日、授業を休んでまで来る気はなくて」

そんなことを話しながら歩くシモンを、道行く女性が二度見した。よくある光景で、一瞬、自分たちの見たものが信じられなかったのだろう。それくらい、高雅で優美なシモンの存在は、咲き誇る花々の中でも浮き立っている。

白く輝く淡い金の髪。

南の海のように澄んだ水色の瞳。

造作の整った顔は神の起こした奇跡のようで、すらりとした長身が生み出す上品な佇まいは、まさに花園に降りた大天使を思わせた。

シモンが続ける。

「そんなこと言って、こうやって付き合わせている君には申し訳ないけど」

「ぜんぜん」

答えたユウリが、シモンを見あげて訊く。

「それより、その『ニコラ』というのが、ベルジュ家の庭師見習いだった人？」

「そう。『純朴』という言葉がピッタリな感じの人で、何より植物をこよなく愛しているところがいいんだけど、残念ながら、彼は母国のフランス式庭園より、英国式庭園のほうが好みだったようで、この出展を機に、近々拠点をイギリスに移すらしい」

「そうなんだ」

ヴェルサイユ宮殿の庭などに代表されるように、フランス式庭園は、左右対称で植木もきれいに刈り込まれ、理路整然とした感のある人工的なものであるのに対し、英国式庭園と呼ばれるものは、自然を自然以上に自然らしく演出することを追求し、雑多なところに見出せる微妙な調和を楽しむという特徴があった。

それは、視点を変えると、理論を好むフランス人と、幽霊をこよなく愛する英国人の特質の差が出ているといえよう。

「ま、気持ちはわからなくもないし、いっそのこと、ロワールにも英国式庭園を造ってもいいと思っているんだ。——場所だけは腐るほどあるから」

「たしかに」

答えたユウリがふたたび人とぶつかりそうになったため、その腕を引っぱって回避させたシモンが、少々辟易(へきえき)したようにぼやく。

「それにしても、やっぱり人が多いね」

「うん」

「これだと、閉場前に全部見るのは不可能かもしれないな」

「だね」

事実、人が並んでいて、目当ての庭のそばに辿(たど)り着くのも一苦労だ。そのうえ、夕方から入場した彼らの時間は限られている。

そこで、二人は、まず、今回の目的であるシモンの知り合いが造ったというショー・ガーデンを訪れることにした。

シモンが事前にメールで知らせてあったためか、かつての庭師見習いで、現在は作庭家として活躍しているニコラは、自分の展示スペースのそばで、彼らが来るのを待っていてくれた。

気づいたシモンが、母国語の挨拶とともに相手の名前を呼ぶ。

『やあ、ニコラ！』

『やあ、坊ちゃん、お久しぶりです』

『本当に、久しぶりだね。でも、元気そうでよかった』

『坊ちゃんこそ、お元気そうで何より』

年齢的には明らかに逆であるが、ニコラが丁寧なフランス語でシモンを迎える。かつての雇用主の子息と使用人という関係性は、簡単には崩せないらしい。

そこで、シモンのほうから率先して、その関係性を崩そうと試みる。

『もう、「坊ちゃん」という歳でもないので、よければ、「シモン」と』

『そうですね』

頷いたニコラが、まぶしげにシモンを見返して感嘆した。

『それにしても、まあ、しばらく見ないうちに、ずいぶんとご立派になられて』

『そうかな。――ああ、紹介するよ、ニコラ』

それまでフランス語だった会話を英語に切り替え、シモンがユウリの背に軽く手を添えた。

「彼が、友人のユウリ・フォーダムだ」

ユウリが、慌てて挨拶する。

「初めまして」

「こちらこそ、初めまして。ニコラ・エフォールです」

　紹介されたのは、中肉中背で、程よく日焼けした三十代半ばくらいの男だった。フランス語訛りのある英語が朴訥さを感じさせ、さらに、微笑んだ際、目尻にできた皺が穏やかな人柄を思わせる。

　挨拶をかわす二人に対し、シモンがその関係性について触れた。

「ユウリは、最近、ちょくちょくロワールに来るんだけど、たしか、ニコラはその前に独立したはずだから、面識はないはずなんだ」

「そうですね。お見かけしたことはなく、今日、初めてお目にかかります」

　答えたニコラが、感慨深げに続ける。

「でも、こうなってみると、留学なさってよかったですね。あの騒動の時は、私も、陰ながらどうなるかと思って心配していましたが、こんなふうに心を許せる生涯の友ができたことは、シモン様の人生にとって、何よりの財産でしょう」

「あの騒動」とは、過去にベルジュ家に起きたちょっとしたお家騒動のことで、早めの反抗期を迎えていたシモンが、父親と衝突し、修復不可能なのではないかというところまで行ってしまったことを指している。実際、それをきっかけに、シモンは十代の初めにしてみずから留学を決意しているので、その深刻さは計りしれなかった。

　だが、蓋を開けてみれば、その結果として、シモンは留学先のパブリックスクールで生涯の宝といえるユウリと出逢っているのだから、人生というのは、何が幸いするかわからない。

　そのユウリの影響もあって、今では父親との仲もすっかり回復している。

「そうだね。そう思うよ」

　短い返答の中に万感の思いを込めたシモンが、「それはそうと」と当初の目的に戻って告げる。

「念願が叶っての出展、おめでとう、ニコラ。凄まじい倍率をくぐり抜けての快挙であれば、両親も妹たちもわがことのように喜んでいたよ」

「ありがとうございます。それもこれも、みんな、一人前の園芸家になるための学びの場を提供してくださったベルジュ家のおかげです」

「そんなこともないけど、ニコラの長年の夢を知っていた僕からすると、この庭のテーマが『希望』というところが、またすごく心に響くよ」

「はい」

　自分が作り出した庭に目をやったニコラが、続ける。

「パンドラの箱に残された『希望』は、生きとし生けるすべてのものの手のうちにあることを伝えたいと思いまして」

　二人の会話を聞いていたユウリが、パンフレットを見おろしながら呟く。

「……希望」

それから、改めて庭に視線を移したところで、ほぼ中央にそびえる花盛りのサンザシについて尋ねてみようと思い立つ。実を言うと、そのサンザシのことが、ここに来た時からずっと気になっていたのだ。

もっとも、それは、ユウリに限ったことではないだろう。

というのも、木の根元には、四角い透明な箱を組み合わせて作った芸術的な人工池が設えられ、循環する水と光とサンザシが美しい景観を作り上げているのだ。

そのうえ、サンザシの枝にはいくつもの布がかけられ、明らかに何かを表現している。

「ニコラさん、あのサンザシには、何か意味があるんですか?」

「ああ、あれは、『願い事の木』と題していて、一つ一つの布には願い事が込められているんですよ」

「『願い事の木』……?」

「はい」

頷いたニコラが、「ケルトの伝統では」とパンフレットにも記されている内容を、より詳しく説明してくれる。

「サンザシは五月を司る樹木とされていて、特に井戸や泉のそばに生えるものは異界と通じやすく、昔から、『幸福になりたい』とか『好きな人とうまくいきますように』なんて些細な願いを込めた布を吊るす習慣があったんです。——あの美しい花には、祈りや願いを天に届ける力があるとされているからでしょう」

「へえ」

「なるほど」

感心するユウリと同じく、感銘した様子のシモンが、「ちなみに」と尋ねる。

「願い事は、誰のものを？」

「それは、出展が決まった際、真っ先に資金集めのためのホームページを立ち上げていたものですから、まず、そこで募集をかけてみました。そうしたら、思っていた以上の応募があって、その中から出資者の投票で上位になったものをかけています。正直、どれも、とても深刻で、心を打つものばかりですよ」

「つまり、試みは大成功だったわけだね」

そこで、二人は、実際にホームページ上にある願い事の内容を見るために、おのおのスマートフォンを取り出してやり取りし始めた。

その横で手持ち無沙汰にしていたユウリは、その時、ガサッという小さな音を聞いた気がして、なんの気なく振り返る。

そこに、少女がいた。

「——え？」

仰天したユウリは、思わずそちらへ一歩を踏み出す。

彼が立っているのはニコラの庭の前で、その庭は、低く枝を張り巡らせた、これまたサンザシの茂みで囲われている。

別名「五月の花」ともいわれるサンザシは、剪定(せんてい)せずに伸びていけば、中央にあるもののようにある程度の高さまで成長するが、イギリスでは、むしろ低く密生させて生け垣として利用することが多く、ここにあるのもそうだった。

その茂みの中に、ふいに女の子の頭が現れたのだ。

まるで動物のように生け垣から顔を覗かせた少女が、キョロキョロとあたりを不安そうに見まわす。

その際、こちらを振り返った少女と目が合った。

ユウリも驚いたが、彼女も驚いたようである。

何か言いたそうに口を開け、こちらに手を伸ばそうとしたので、ユウリのほうでもとっさに手を差し出したのだが、互いの手が触れ合う直前、フッと姿がかき消えた。

ほぼ同時に、「ユウリ！」と警告するようなシモンの声が響き、伸ばしかけていた手をグイッと摑(つか)まれる。

気づけば、ユウリは危うくサンザシの茂みに飛び込むところで、シモンが背後から制止していなければ、大変なことになっていただろう。

　一瞬のことで、何が起こったかわからずにいたニコラが、びっくりした様子でこちらを眺めている。

「――え、あれ？」

「『え、あれ？』じゃないよ、ユウリ」

　緊迫した空気に似合わないユウリの第一声に、拍子抜けしたらしいシモンが、手を放しながら呆れたように続ける。

「もしかして、生け垣に飛び込むつもりだった？」

「あ、いや、そういうわけではなかったはずだけど、うん、どうだろう？」

　後先を考えていたわけではないユウリが曖昧に答えていると、驚きから回復したらしいニコラが、「なんにせよ」と安堵したように告げる。

「飛び込まないでよかった」

「そうですよね、すみません。大事な作品を壊すところでした」

　ユウリは、改めて自分の愚行を反省するが、人のよさそうなニコラは「いやいや」とユウリの懸念とは別のことを指摘する。

「そんなのはいいんだよ。もとより、サンザシの茂みは、『眠りの森の美女』の茨に見られるように、聖なる空間を外界から守るためにあるのであって、そこに飛び込む勇気のある人間は、どんどん飛び込んだらいい。――ただし、相当な傷を負うのは覚悟しないと」

　事実、いつも以上に強引に引き戻そうとしたシモンも、完成された庭を守るというよりは、ユウリをサンザシの棘から守ったといえる。

　だが、棘の脅威など気にも留めていない様子のユウリは、相手の言葉の中に意外な真実を聞き取って、感心したように言う。

「そうか、茨の城。──たしかに、あれは魔法のかかった空間を外界から隔てているものですもんね」

「そのとおり」

　つまり、この「希望」の庭は、張り巡らされたサンザシの茂みによって、見物客でにぎわう現実世界から隔てられていることになる。

「……すごい」

　感心するユウリを、ニコラがおもしろそうに見おろした。それから、脇に立つシモンに向かって言う。

「なんか、シモン様が彼を友人に選ばれた理由がわかる気がします」

「そうかい？」

　なかば複雑そうに応じたシモンが、「なんであれ」と続けた。

「ケガをせずにすんでよかった」

「そうですね」

二人に心配をかけさせたと思ったユウリが、改めて謝罪する。

「すみません。驚かせてしまって」

「いえ」

真面目(まじめ)に答えたニコラに対し、シモンが「まあ」と苦笑する。

「君の場合、今に始まったことではないけどね、ユウリ」

「ごめん」

「そうやって、何度も謝るくらいなら教えてほしいのだけど、いったい何があったんだい?」

問いかけたシモンが、「あ、いや」と言い換える。

「むしろ、何をやろうとしていたのかと訊いたほうがいいのか」

先ほどのユウリの行動を分析する限り、明らかに、ユウリはサンザシの茂みに何かを見出していたようであったが、残念ながら、シモンにもニコラにも、おそらくまわりで好奇の目を向けていた他の一般客にも、そこには何も見えていなかった。

ユウリもそのことには気づいていて、サンザシの茂みに視線をやりながら小さな声で呟く。

「女の子がね」

「女の子?」

するとと、ニコラがどこか嬉しそうに「もしかして」と想像力豊かな発想をする。

「妖精でもご覧になりましたか？」

「……妖精？」

繰り返したユウリに対し、シモンが「たしかに」と応じる。

「サンザシは妖精の好む木であれば、妖精の一つや二つ見えても、おかしくはない」

かく言うシモンは、もちろん、ユウリが、妖精を見るどころか呼び出すことすらできる霊能力の持ち主であることを熟知している。

ただ、今のユウリの様子から見ても、事はもっと複雑そうで、そうなってくると、ニコラの手前、あまり詳しい話をするのは得策ではないと判断したため、ひとまずお茶を濁すことにした。

「それはそうと、ユウリ。君がサンザシにダイブしようとする前にニコラと話していたんだけど、せっかくだから、特別に、僕とユウリの願い事もあの木にかけてくれるそうなんだ」

「え、本当に？」

「うん。――ということで、何かすぐに思いつく願い事はあるかい？」

欲がなく、ふだんからあまりお願い事をしないユウリであれば、この時もすぐには思いつかないのではないかと考えていたシモンであったが、意に反し、一度サンザシの茂みのほうを振り返ったユウリは、即座に「ある」と答えた。

「へえ、珍しい」

水色の瞳を軽く見開いて応じたシモンが、「それなら」と予めニコラから預かっていた白い布を渡しながら説明する。

「これに書いてくれたら、あとで、ニコラが木にかけておいてくれるそうだから」

横から、ニコラが補足する。

「もっとも、会期はあと一日ですが」

布を受け取ったユウリが、尋ねる。

「そのあとは、どうするんですか？」

「浄化の力を持つホワイト・セージなんかと一緒に燃やすことになっています。そこには、願いが煙となって天まで届くようにという意図が込められていて、そのことは、ホームページ上でも説明してあります。――当然、応募した人は、それに同意したうえで応募してきてくれているので問題はありません」

「なるほど」

そこで、ユウリはペンを借り、迷わず自分の願いを書き入れた。

布を受け取ったニコラが、それを見て、とても意外そうな表情になる。

「――メイ・トレイトン？」

それから、ユウリに視線を移し、訝しげに確認する。

「これって、テレビなんかで呼びかけている行方不明の少女の名前ですよね？」

「はい」

「お知り合いで？」

「違いますけど、早く見つかるといいと思ったので」

二人の会話を聞いていたシモンが、横からチラッと覗き込むと、そこには、ユウリの流麗な字体でこんな一文が書かれていた。


――メイ・トレイトンが、一刻も早く戻れますよう。ＡＧＲＡ。


ニコラが、訊く。

「この、最後の四文字はなんですか？」

「それは……」

煙るような漆黒の瞳を翳らせたユウリが、曖昧に応じる。

「いわば、ちょっとしたおまじないです」

「おまじない？」

おもしろそうに受けたニコラが、「なんであれ」と続ける。

「すでに飾っている中にも、子供の難病治癒の祈願とかがありますが、正直、赤の他人のことを願ったのは、貴方が初めてです」

それから、シモンを見て「やはり」と告げた。

「シモン様は、ご友人を選ぶ目も一流でいらっしゃる」

## 5

　ニコラと別れたユウリとシモンは、駆け足で他のショー・ガーデンを見てまわった。

　ただ、二人とも興味があった日本人の庭はあまりの混雑ぶりで見ることができず、しかたなくそこは飛ばして、他の庭を可能な限り観賞する。

　自然破壊をテーマに砂漠化した庭を見事に草花で表現した庭から、一転、「精霊たちの住まう庭」と題されたファンタジックな展示スペースへと向かう途中、ユウリが人混みの彼方に目をやって、驚いたように「あ！」と声をあげる。

「すごい」

「どうかした、ユウリ？」

「ほら、あそこ」

　言いながら、ある方角を手で指し示す。

「グリーンマンが歩いている」

「なんだって？」

　また何を言い出すのかという口調で応じたシモンが、それでも指されたほうに視線をやり、意外そうに呟く。

「ああ、本当だ」

最初、言われたことが言われたことであったし、ユウリのことだから、また見えない何かをキャッチしてしまったのだろうと疑っていたが、予想に反し、それはシモンの目にもきちんと見えた。

ただし、あまりに遠目であるため、そういう意味でははっきり見えたとは言い難い。

とはいえ、ようよう夕暮れに染まり始めた景色の中を、人混みに消えたり現れたりしながら横切っていく姿は、間違いなく樹木の精霊として有名な「グリーンマン」そのものだ。

その姿を目で追いつつ、シモンが言う。

「もしかしたら、あれが、今、ＳＮＳで話題になっている『緑のジャック（ジャック・イン・ザ・グリーン）』かもしれないね」

シモンの言う「緑のジャック」も、イギリスにおいてはグリーンマンと同じような存在で、春に現れる精霊の呼称の一つであった。それと似たようなものに、ハロウィーンの頃に出る「ランタンのジャック（ジャック・オ・ランタン）」がある。

ユウリが、シモンに視線を移して尋ねた。

「そんなものが、話題になっているんだ？」

「うん」

頷くだけでなく、シモンはスマートフォンを取り出し、話題となっている画像を開きながら教える。

「このフラワーショーに関連したもので、多くの目撃情報が寄せられているんだけど、不思議なことに、これだけたくさんの投稿がされている中に、一つも間近にその姿を捉えた画像がないんだ」

「へえ？」

相槌（あいづち）を打ちながらシモンの手元を覗き込むと、たしかに、驚くほどたくさんの画像があるのに、そのどれもが、今、二人が目にしたくらいの距離から撮影されていて、近距離から撮ったものは一枚もなかった。

「中には」

シモンが説明する。

「ツイッターで位置情報を確認しながら間近な姿を捉えようと試みたグループもいたようだけど、目撃されている場所に近づいても、そこには言われているような衣裳を身に着けた人間はいないらしく、ことごとく失敗に終わっている」

「ふうん」

煙るような漆黒の瞳を細めたユウリが、画像を見つめながら呟いた。

「それは、かなり不思議かも」

「そうなんだよ。それで、ネット上では、あれは、フラワーショーに引き寄せられた精霊か何かではないかと騒がれているんだ」

「……精霊ねえ」

話しながら、ふたたび彼方に目をやったユウリとシモンであったが、その頃にはもうあたりは薄暗くなり始めていて、遠目にも「緑のジャック」の姿を確認することはできなかった。

そこで、諦めたシモンが、先ほどからずっと気になっていた話題に触れる。

「精霊といえば、ユウリ、さっきニコラの庭で見た女の子って――」

「ああ、そう」

頷いたユウリが、シモンに打ち明ける。

「実は、一瞬のことで、自信があるわけではないんだけど、ニュースで見た写真の女の子に似ていた気がして……」

「メイ・トレイトンだね」

「うん」

「たしか、五月祭の会場からいなくなったんだっけ？」

「そう」

頷いたあとで意外そうにシモンを見あげ、ユウリが付け足した。

「よく知っているね、シモン」

　ふだん、パリで生活している人間が知っているニュースとも思えなかったが、そこはやはりシモンだ。

「それはまあ、いちおうアンリのこともあるので、イギリスのニュースは、かなり小まめにチェックしているんだ」

　異母弟を引き合いに出したシモンが、「それに」と続ける。

「五月一日（メーデー）のお祭りに子供というのが、最初は妙に違和感があって、意識に焼きついてしまったというのもある」

「そうなんだ」

　一度は納得しかけたユウリが、ふと気づいて訊き返す。

「でも、なぜ、違和感？」

「それは、『五月一日（メーデー）』といえば、フランスでは、春のお祭りというより、労働者の日としての認識が高いからね。子供という存在は、そぐわないんだよ」

「ああ、そうか。たしかに」

　日本でも、その日は労働者の日として知られているが、英国で暮らしているうちに、ごく自然に春の祭典としての五月一日（メーデー）が身についていく。

　シモンが、「もっとも」と教えた。

「フランスだって、以前は、祭典としての『五月一日（メーデー）』を祝っていたんだけどね」

「本当に？」

「うん。――ただ、その流れで、フランス革命時に、労働者たちが、不労所得にあずかっている貴族たちの館（やかた）の前に五月の木を切って立てたことから、政治的なイメージがついてしまったそうなんだ。なんといっても、それまでは、労働者たちが森の木を切ること自体不可能で、領主に見つかれば、首をはねられていたわけだから」

「ふうん」

そんな四方山話（よもやまばなし）をしているうちに、いつしかあたりは本格的に暮れなずみ、閉場の放送が鳴り響いたのを機に、二人もフラワーショーの会場をあとにした。

# 第二章　日本からの届け物

## 1

ユウリとシモンが、チェルシーのフラワーショーを楽しんでいた頃。

少し離れたウエストエンドでは、一人の青年が、路地裏にひっそりと建つ店の黒い扉を開け、中に入っていった。

扉の脇にある出窓には骨董品が陳列されていて、見た目にはふつうの骨董店のようであるが、実は、知る人ぞ知る「ミスター・シン」という霊能者が、いわくつきの品物を引き取ってくれるので有名な場所であった。

噂が噂を呼び、依頼者は英国国内にとどまらず、ヨーロッパ各地からやってくる。

ただし、そういう店にありがちではあるが、店が客を選ぶらしく、表通りから角をいくつか曲がらないと辿り着けないその店には、難なく辿り着ける者と、ぐるぐる回っててしまって永遠に辿り着けない者がいた。

今、訪ねてきた青年は、前者に属する。

しかも、たいした挨拶もなく、わが物顔で奥のソファーに座るほど、この店に馴染んでいる様子だ。

長身瘦軀。

長めの青黒髪を首の後ろで無造作に結わえ、底光りする青灰色の瞳で高飛車に人を見る青年の名前は、コリン・アシュレイ。

黒一色にまとめた見た目もそうであるが、悪魔のように頭の切れる彼は、豪商「アシュレイ商会」の秘蔵っ子と目され、向かうところ敵なしの万能人間だ。あまりに能力が高すぎるせいで、大学へ行く必要性をまったく感じず、本能の赴くまま、好き勝手に生きている。

そんな彼がもっとも興味を覚えるのが、現代科学ではまだ解明しきれていない超常現象の類いで、その手の依頼に事欠かないこの店には、時おり、こうして、ふらりと立ち寄っては、何かおもしろい情報がないかチェックしていた。

「おや」

アシュレイの姿を認めたミスター・シンが、左右で色の違う瞳を向けて挨拶する。

「久しぶりだな、アシュレイ。——元気にしとったか?」

「俺はいつでも絶好調さ。むしろ、こんなメールをよこすくらいだ、元気がないのはあんたのほうだろう」

言いながら、手にしたスマートフォンをヒラヒラと振ってみせた。

基本、気まぐれにやってくるアシュレイであるが、たまに呼び出しのようなものを受けて、ここに足を運ぶこともある。その際、ミスター・シンから明確な話題が提示されている場合もあれば、意味深なことをほのめかして、アシュレイの気を引いてみたりする場合もある。

今回は後者で、午前中に受けたメールには、次のような文面が書かれていた。

近々店を閉める可能性あり。
いちおう、知らせておく。

正直、ミスター・シンがどうなろうと、アシュレイの知ったことではなかったが、この店がなくなってしまうと、手近に退屈しのぎをする場所がなくなるわけで、アシュレイにとっても、少しは手痛い出来事といえる。

そこで、せめて事情ぐらいは聞いてやろうと、わざわざやってきたのだ。

だが、気落ちしているかと思いきや、あんがい、日頃と変わらぬ様子で「ああ、それな」と受けたミスター・シンを見て、アシュレイが「どうやら」と付け足した。

「そのわりに、いたって健康そうだが」

「当たり前だ」

「だが、身体（からだ）の不調でないなら、いったい何があった？」

「それが、わしにもよくわからない話でね」

お茶を淹（い）れながらの言い分に、眉（まゆ）をひそめたアシュレイが高飛車に言い返す。

「なんだ、そりゃ。――まさか、元気そうに見えて、実は耄碌（もうろく）しているのか？」

「いや。そんなことはない」

「なら、からかっているとか？」

だとしたら、目にものを見せてくれるというニュアンスを込めたアシュレイに対し、ティー・カップに注いだ紅茶を差し出しながら、「お前さんを」と応じる。

「からかうほど、わしは命知らずじゃない」

「だろうな」

カップを受け取ったアシュレイが、「それなら」と改めて言う。

「とにかく事情を話してみろ。あんただって、どうせ、自分にはわからなくても、俺にならわかる可能性が高いと踏んで呼び出したんだろう？」

その傲慢（ごうまん）とも取れるもの言いは、自分の倍以上生きている人間に対するものではとうていなかったが、傍若無人が板についたような性格をしているアシュレイは、誰に対してもこんな態度である。彼をよく知る人間であれば、むしろ、彼が下手に出た時のほうが恐ろしいと知っているので、こんな言われ方もまったく気にならない。

もちろん、ミスター・シンも気にせず、「たしかにな」と素直に認めてアシュレイの前に腰かけた。

「まあ、聞いてくれ。事の発端は、一本の電話だ」

「客からか?」

「そうだが、新規ではなく、以前の客が電話で妙なことを言ってきた。――曰く、『前に預けたものは、まだ店にあるか』と」

「それで?」

「もちろん、『ある』と答えたが、相手はぜんぜん信用しようとせず、今日にも訪ねていくので見せてくれと言うんだ」

そこで、溜め息をついて両手を開いたミスター・シンが、「お前さんなら」とアシュレイを見つめて訴える。

「おそらくわかってくれると思うが、一度封印したものを引っぱり出してくるのはなかなか大変だし、とても骨が折れる。それでも、あちらがどうしても見たいとごねるので、ひとまず事情を聞いてみることにした」

「妥当だな」

　ここまで、さして興味を持ったように見えないアシュレイが適当な相槌を打ち、そんな態度にも慣れているミスター・シンがどんどん話を続ける。

「それで、その客が言うには、夢を見たんだそうだ」

「夢？」

「その夢の中で、彼がうちに預けた箱が――それは仕掛けのある小さな木箱で、中に封印しているものを出さないために、あえて開け方をわからなくしたものだそうだが、その箱を、誰かが拾って、開けてしまったと」

　そこで、軽く眉をあげたアシュレイが、「開けてしまったって」と呆れた口調で言い返した。

「夢で――だろう？」

「そう夢の中で」

　深く頷いたミスター・シンが、「わしもな」としみじみ言う。

「電話で、何度もそう言った。『しょせん、夢ですよね』と。――だが、向こうは、封印されたものが外に出たのと同時に、たしかに窓ガラスか何かが割れる音がしたんだと言って引かず、とにかく木箱がここにあるのを確認したいと、その一点張りだ」

「なるほど」

「で、しかたなく、その箱を倉庫から取り出すことになったんだが――」

アシュレイが続きを予測して、ほくそ笑む。

「なかったんだな?」

「そうだ」

ようやく興味を示し始めたアシュレイが、質問する。

「外部から侵入された痕跡は?」

「ない」

はっきり断言したミスター・シンが、補足した。

「以前、アルバイトが瘴気に当てられ、倉庫の中のものを持ち出して以来、倉庫の扉に施している封印は、必ずわしが出入りするたびに新しくしているから、破られればわかる。もちろん、中に窓はないし、そもそものこととして、あそこにあるのは、すべて持ち主に不幸をもたらすいわくつきのものばかりであれば、お金を出すから引き取ってほしいと願う人間はいても、どこのバカが好き好んで持ち出すというんだ。――万が一持ち出せたとしても、結局、引き取ってくれと泣きついてくることになる」

「まあ、そうだな」

「それを思えば、外部の犯行とは思えず、かといって、現在、この店に関わっている者にそんな酔狂な人間はいないとなると、いったい、なぜ、あの箱が、――もっと言ってしまえば、あの木箱だけが消えてしまったのか」

　そこで、困った様子で首を横に振ったミスター・シンが、「とまあ、そんなわけで」と結論づけた。

「その客が主張するところの『夢で、誰かが拾って、開けてしまった』と考えるのが妥当ということになってくる」

「たしかに」

　アシュレイも、ひとまず認めた。

　それを受け、ミスター・シンが「ただ、そうなると」と嘆く。

「商売として預かった手前、わしにはその木箱の紛失に対し責任を取る必要があって、なんとしても回収せねばならない。でなければ、うちの信用はガタ落ちだ。最悪、店を閉めることになるだろう」

「なるほど」

　それで、あのメールの文面であったわけだが、状況を把握した今、アシュレイは、事が思ったより深刻であるのを見て取った。その預け主に口をつぐんでもらうためにも、なんらかの被害が出る前に事態を収束させる必要がありそうだ。

　そこで、いくつか、必要な確認をする。

「当然、その夢で拾ったという人物のことは、まったくわからないんだろうな？」

「ああ。見たことのない顔だったそうだ。――それに、夢の中の話であれば、容姿などの特徴を訊いても、今では曖昧模糊としていてはっきりとは答えられず、記憶にある印象としては、アジア系の若い男だったということくらいしか言えないと」

「アジア系の若い男ね」

アシュレイが苦笑する。

それでは、地球上の人間の何分の一かは、みんな対象となってしまう。

かく言うアシュレイだって、母親と目される女性が中国系であることから、人によってはアジア系の若い男とみるだろう。

アシュレイが、「ちなみに」と尋ねる。

「その箱が置いてあった倉庫内の場所から、箱そのものか、でなければ、中に封印されていたものの気配を追うことはできないのか？」

「できない」

ミスター・シンが、残念そうに答える。

「少なくとも、わしにはそんな高度なことはできん」

断言したミスター・シンが、そこでチラッとアシュレイを見て「――ただし」と付け足した。

「他の人間なら、その能力次第でできるかもしれないが」

どこか含みのある言い方であったが、事実、その意図は明らかだ。

というのも、彼らの共通の知り合いの中に、今言ったようなことも可能にしそうな大いなる霊能力の持ち主がいて、その彼なら、なんとかできるのではないかと密かに期待している。

察したアシュレイが、「まあ、焦るな」と牽制した。

「アレは、いわば、こちらの『切り札』だからな」

どこか楽しげな口調でのたまったアシュレイが、少し考えた末に言う。

「それより、今は、もう少し状況をきちんと把握したい」

その前向きな発言に対し、ミスター・シンが、「つまり」と確認する。

「お前さんには、この危機的状況をなんとかしてくれようという気はあるんだな？」

「ああ。特に義理はないが、潰すには惜しい場所だし、俺に打てる手があるなら打ってやる」

「それは、とても心強い」

純粋な誉め言葉に対し、アシュレイが珍しく強気に出ずに応じる。

「まだ、あまり期待するな」

あまりに突拍子もない話で、今の時点では、さすがのアシュレイにも結果がどう出るかが予測できない。

それでも、やると決めたからには、すぐに行動に移るのがアシュレイだ。

「まず、その消えてしまった箱の持ち主である客に直接会って話がしたい。――アポは取れるな？」

「もちろん」

先ほどまでと比べ、すっかり安堵した様子のミスター・シンが、古い携帯電話を取り出しながら続ける。

「向こうも、わしからの朗報を、今か、今かと待っているだろう」

それから、電話が繋がるのを待つ間、ひとまずもう少し詳しい顧客情報を伝える。

「客の名前は、ブライアン・キャンベルといって、王立園芸協会の一員だ」

「王立園芸協会――？」

舌に馴染まないものでも含まされたような口調で繰り返したアシュレイに向かい、ミスター・シンが「その関係で」と付け足す。

「この数日ほどは、チェルシーで開かれているフラワーショーの会場に詰めていたはずだから、明日、そこで会えるように手配する」

すると、それを聞いたアシュレイが、「フラワーショーね」と皮肉げに呟いて笑う。

「それはまた、なんともファンシーな一日になりそうで、ありがたいこった」

## 2

同じ日の夜。

ハムステッドにあるフォーダム邸に戻ってきたユウリとシモンは、シモンの異母弟にあたるアンリの出迎えを受けた。それは、ユウリにとってはここ最近の日常であったが、異母兄弟たちには、久々の邂逅（かいこう）である。

「やあ、アンリ」

「どうも、兄さん」

フランス人らしくハグをし合って挨拶をかわしたあと、シモンがアンリをマジマジと見て言う。

「すごく、元気そうだ。――というか、生き生きとしているね」

「ああ、そうかも。ここ、居心地がいいから」

「まあ、そうだと思うよ」

「ここ」というのは、もちろんフォーダム邸のことで、さらに言えば「ユウリのそばは」という意味合いを含んでいる。

「そういう兄さんは、ちょっと疲れている？」

「かもしれない。このところハードワークだったから」

応じたシモンが、「それで」と確認する。

「居心地がいいからといって、そこに胡坐をかいてはいないだろうね？」

「たぶん」

答えつつ、アンリが家主の息子であるユウリを見たので、ユウリが笑って答えた。

「もちろん。ぜんぜん胡坐なんてかいてないよ。——むしろ、アンリがいるだけで家の中が明るくなって、このままずっと住んでいてほしいと、みんな思っている」

そこでシモンに視線を戻したアンリが、得意げに言った。

「——だって」

「ならいいけど」

安心したような、それでいて若干つまらなそうに受けたシモンが、「それはそうと」と話題を変える。

「お腹すいたろう。待たせて悪かった」

せっかくなので、久しぶりに夕食を一緒に取ろうと、アンリには食べずに待っていてもらったのだ。

だが、まだまだ食べ盛りのアンリは、「大丈夫」と言って報告する。

「二人が軽くお腹に食べ物を入れてから会場に行くと聞いていたから、僕も、夕方、エヴァンズに頼んで、軽いハイ・ティーを用意してもらったんだ」

「エヴァンズ」というのは、フォーダム邸を取り仕切っている管理人兼執事のことで、話しながら、彼らは準備の整っている食卓についた。

　食事を始めてすぐ、アンリが「で」と尋ねる。

「フラワーショーは、どうだった？」

「いろいろあって、おもしろかったよ」

　答えたユウリが、付け足す。

「話題になっているという『緑のジャック（ジャック・イン・ザ・グリーン）』も見たし」

「へえ」

　興味を惹（ひ）かれたところを見ると、アンリもくだんのSNSをチェックしていたようである。

「人間だった？」

　常識外れのことをふつうに尋ねられ、シモンと顔を見合わせたユウリが、「う～ん」とうなって首を傾（かし）げる。

「言われてみれば、どうだったんだろう。判別できるほど近くで見たわけではないからはっきりとは答えられないけど、少なくとも、最初に見た時は、『あ、グリーンマンがいる』と思って疑っていなかった。——それくらい、精霊っぽかったよ」

アンリが、「それなら」と興味を示す。

「やっぱり、あれは精霊なのか」

二人の会話を聞いていたシモンが、「まさか」と否定する。

「僕にも見えたくらいだから、人間だろう。――それより、お前も興味があるなら、明日のチケットが余っているので、行ってくるといい」

「へえ。――どうしようかな」

悩んでいるアンリからユウリに視線を移し、シモンが「ユウリも」と続けた。

「もし、今日見逃した庭園を見たければ、明日、もう一度訪れて、そのあとキューガーデンのほうに足をのばしてもいいかもしれないね」

「本当に？」

正直、日本人が造った人気のショー・ガーデンを見損なったのは残念だったため、もしチケットが余っているなら、それを観賞してから移動してもいいように思えた。

考え込んだユウリの前で、部屋のすみに視線をやったアンリが「あ、そうそう」と声をあげる。

「危うく言い忘れるところだったけど、ユウリに、日本から荷物が届いているよ」

「日本から？」

「そう。部屋に持っていこうかと思ったけど、どうせ、食事をするのにこの部屋に来ると思ったんで、そこの椅子の上に置いておいた」

　示されたほうを見れば、壁際に置かれたデザイン性の高い椅子の上に、世界規模で物流事業を担っている大手企業のロゴ入りパッケージが置いてある。

　デザートと紅茶を口にしていたユウリが、「ああ、そういえば」と思い出す。

「前に、隆聖が荷物を送ったようなことを、メールで言っていたかもしれない」

「隆聖」の名前に反応したシモンが、「珍しいね」と感想を述べる。

「差し入れとかかな？」

「それはないと思う。——母もセイラも日本にいるから、その間は、わざわざ隆聖が何か送ってくることはないはずだよ」

「セイラ」というのはユウリより三つ上の姉の名前で、現在、子育て中の母親と一緒に日本で暮らしている。

　ユウリが、「なんにせよ」と告げる。

「届き次第連絡しろということだったから、連絡したほうがいいかもしれないな」

「それなら、急いだほうがいい」

　シモンに催促され、立ちあがったユウリが椅子の上のパッケージを取り上げる。

　両手のひらに収まるくらいの大きさで、軽い。

　開けてみると、中から小さな木箱が出てきた。

日本の伝統工芸の一つである寄せ木細工にも似て、表面の木目が不思議な模様を作り出すように組まれた変わった小箱には、見る限り、開けるべき場所がない。サイコロのようなキューブ状のものであれば、何に使われるのか、まったく見当がつかなかった。

小箱を手の中で回転させたユウリが、ややあって言う。

「ただのインテリア……かな？」

「どうだろう」

ユウリから木箱を受け取り、自身の手で調べ始めたシモンが、しばらくして「ああ、これは」と告げた。

「たぶん、からくり箱だ」

「からくり箱？」

「うん。──ほら、ここ」

シモンが箱の一ヵ所を示しながら教える。

「木目でうまく隠されているけど、よく見ると、ここにうっすらと線が入っているのがわかるだろう？」

「本当だ」

「隠し扉のある部屋や机と同じで、何かが要因となって、蓋が開くようになっているんだろう」

「なら、やっぱり『箱』なんだ」

つまり、中に何か入っている可能性が高い。

シモンが尋ねる。

「他に何か、隆聖さんからの手紙とか取扱説明書のようなものは入っていなかったかい？」

そこで、空き箱やパッケージを入念に調べたユウリが、それらを脇に置いて首を振る。

「ない」

「ということは、詳しいことは、電話で訊くしかないわけだ」

「そうだね」

そこで壁の時計を見たユウリが、「幸い」と続ける。

「向こうは朝方だから、電話するのにちょうどいいかも」

シモンとしては少し早すぎる気もしたが、修行者の朝はとても早いらしく、これくらいがいい時間帯だということだ。

そこで、箱をシモンに預けたまま、ユウリは携帯電話を取り出し、隆聖に電話した。

数コール後。

海を隔てた日本と繋がり、電話口から幸徳井(かでい)隆聖の凜(りん)と響く硬質な声が流れ出る。

『――ユウリか』

わずかに京訛りのある日本語が耳に懐かしく、ユウリは親しみを込めて言い返した。

「久しぶり、隆聖。元気そう」

# 3

呑気この上ないユウリの挨拶に、一瞬間を置いた隆聖が、『相変わらず』とひやりとする嫌味を繰り出した。

『お前はまた、えっちらおっちら、カメの歩みで生きているな、ユウリ。――だが、俺は、届き次第連絡をよこせと言ったはずだ』

「うん。だから、こうして電話したんだ。――本当に、今、届いたんだよ」

蕎麦屋の出前の逆バージョンのような言い訳をしたユウリが、これ以上何か言われる前に、「それで」と核心に触れる。

「小さな木箱が入っていたけど、これは何？」

『何かが、封印されていた箱だ』

「……封印？」

いわくありげな言葉に対し、ユウリが若干警戒心を見せてシモンのほうを見る。危険があるようなものを、安易にシモンに触らせたくなかったのだ。

だが、特にシモンの身に変化はなく、逆にこちらを気にしつつ箱を精査している。

「何かって、何？」

『さあ』

「『さあ』って……」

珍しく曖昧なことを言う従兄弟に対し、ユウリがまず確認する。

「危険なもの？」

『そんなの、お前ならわかるだろう。その箱自体に危険はないが、入っていたものは、かなりヤバイものだったらしい』

「『らしい』って」

箱そのものに危険性がないことを安堵しつつ、ユウリは、隆聖の言葉の中に引っかかりを覚えて訊き返した。

「隆聖自身が、確認したわけではない？」

『ああ』

応じた隆聖が、『実は』と続ける。

『この件は、桃里からの依頼でね』

「桃里？」

意外な名前を聞き、ユウリが思わず繰り返す。

シモンも、チラッとこっちを見た。

「桃里って、桃里家だよね。――東の守りの」

『そうだ』

古都京都に千年続く幸徳井家は、代々受け継がれてきた呪法をもって密かに日本という国を魔の手から守っている家筋であるが、その勢力がどちらかというと西に偏っているのに対し、東に拠点を置いているのが幸徳井家の分家である桃里家であった。

ユウリも、昔からその名前は聞いて知っていて、以前、桃里家の後継ぎである桃里馨と関わりを持つ機会があった。

隆聖が続ける。

『桃里が言うには、彼のところに、ある人物から依頼があったそうだ。しかも、ちょっと変わった話――というか、奇妙な話で、その依頼者の知り合いが、半年ほど前に箱を拾った夢を見たそうだが、起きたら、それが現実に彼の手元にあり、「開けろ」という夢の中の声に従って、開けてしまった、と』

「え、ちょっと待って」

ユウリが、混乱して話を止める。

「その人、夢で箱を拾ったんだよね?」

『ああ』

「それが、起きたら手元にあった?」

『らしいな』

　そんな馬鹿なことがあるわけないとふつうなら思うが、頭の中を整理したユウリは、「まあ、そういうこともあるかもしれない」と納得し、受け入れる。なにせ、ユウリの場合、その手の不可思議な出来事には、しょっちゅう出くわすからだ。

「なるほど、わかった。――それで？」

『言ったように、残された箱のほうに問題はないが、出ていったモノはかなり性質が悪そうだったということで、悪さをする前に回収したほうがいいというのが、依頼者の言い分らしい。――まあ、当然だな。そのための封印だったのだろうから』

「そうだね」

　素直に認めたユウリだが、わからないことは、まだ山ほどある。

「でも、それなら、なおのこと、この箱が送られてきた意味がわからないんだけど、桃里家に話が持ち込まれるくらいなんだから、今の話は、日本の関東あたりで起きた出来事だよね？」

『そうや』

「だったら――」

　言いかけたユウリを、隆聖が『いいから、聞け』と制した。

『依頼を受けた桃里は、すぐに、その箱から出ていったモノの気配を追跡したそうなんだが、思いの外、手間取り、見つけ出した時は、間一髪の差で、すでに日本を出ていったあとだった』

「出ていったあと……」

その不吉な言葉に、ユウリが「え、まさか」と問い返す。

「それが向かった先が、このロンドンとか言わないよね？」

だが、淡い期待は見事に砕かれる。

『それ以外で、お前にこんな話をする必要があるか？』

淡々と事実を突きつけた隆聖が、『桃里の話では』と説明する。

『追跡していたものの気配が途絶えたのは、あるガーデンプランナーの事務所で、適当な口実を設けて敷地内を見せてもらったが、追っていた気配は残留思念程度のものしか感じ取れなかったそうだ』

「でも、そこにいたのは、たしかなんだ？」

『桃里がそう言うからには、そうだろう』

そのあたりは、絶対的な信頼を置いているようである。

『手の者に近くを捜索させたが、他に移動した気配もなく、事務所でもう少し詳しい話を聞き出したところ、その事務所の社長でもあるガーデンプランナーは、前日から、海外のフラワーショーに出展するため、大勢のスタッフを引きつれてロンドンに向かったばかりだということだった』

「フラワーショー」

その見事な偶然の一致(シンクロニシティ)に、ユウリは妙に納得してしまう。

もちろん、ユウリだけでなく、木箱をひっくり返して底のほうを熱心に覗(のぞ)き込(こ)み、さらに異母弟のアンリに何か指示を出していたシモンも、「フラワーショー」の一語で、顔をあげた。

そんなシモンの前に、アンリが取ってきたトンカチを差し出す。

そんなものを使って、いったい何をするつもりなのか。

その状態でこちらを窺(うかが)っている異母兄弟の前で、ユウリが電話での話を続ける。

「もしかして、そのガーデンプランナーって、原田智彦(はらだともひこ)氏?」

その日、パンフレットで何度も目にしていた名前をあげると、隆聖が意外そうに訊き返した。

『知っているのか?』

「知っているというか、実は、今日、シモンとそのフラワーショーに行ってきたばかりなんだ」

『ほお』

「ただ、原田氏の庭園はすごい人気で、時間もなかったから見ることはできなかったんだけど」

『それは、惜しいことをしたな。——あるいは、本能的に回避したか』

皮肉げに応じた隆聖が、『まあ、ということで』と続けた。

『ここまで、おおよそのことは理解できたな？』

「うん、まあ……」

なんとなく、話の流れに不穏なものを感じつつユウリが答えると、案の定、隆聖が実に薄情なことをのたまった。

『だったら、ここからが本題だが、その木箱の裏にある紋様もそうだし、長らく追跡してきた桃里の見立ても同じで、おそらく問題となっているのは、海外由来のものであると考えられるため、両家とも、以後、この問題からは手を引く』

やっぱりそうかと思いつつ、ユウリが訊き返した。

「つまり、あとは、僕のほうでどうにかしろと？」

『いや、そこまでは言ってない』

肯定されるかと思いきや、意外にもそんな答えが返り、隆聖が告げる。

『桃里の申し出は、一つだ』

「一つ？」

『そう。せっかくこうして出ていったものがふたたび日本に現れることがないよう、ロンドンにいるお前に連絡を取って手を打ってもらってほしいと頼まれた。それについてはこちらも同意見だったので、引き受けた。だから、お前は、そのガーデンプランナーが日本に戻る前に話を聞きに行って、問題があるようなら、処分しろ』

「処分ね……」

簡単に言ってくれるが、ことは、そう単純ではないだろう。

小さく溜め息をついたユウリが、別の可能性を尋ねる。

「なければ？」

つまり、すでにガーデンプランナーの元を離れていた場合は、どうしたらいいのかと質問したところ、答えは実にあっさりしていた。

『好きにしろ』

「それって、放っておいても構わないってこと？」

『ああ』

なんとも無責任な答えであるが、それも理にかなっていた。

そのことを、隆聖が告げる。

『幸徳井も桃里も、倭(わ)の国の守り手だからな。封土(ほうど)外のことにまで、口を出すつもりはない。そもそも、その土地にはその土地の流儀というものがあるわけで、それに則(のっと)った処理をすればいいだけのことだ』

「流儀……」

たしかに、日本は全国各地に神社仏閣があり、あらゆる土地神によって国土が守られている。まさに、八百万(やおよろず)の神の坐(ま)す国で、それらの神々にお伺いを立てる力を持つのが幸徳井や桃里の家の者たちなのだ。

だが、だとしたら、ユウリたちの暮らすイギリスやフランスを魔や闇(やみ)の手から守ってくれるのは、誰――あるいは、なんなのか。

(教会……?)

真っ先に思いつくのは、それだ。

やはり、西欧での魔物退治となると、十字架や聖書、聖水などが必須(ひっす)であろう。

それなら、放っておいても、どこかの神父なり牧師なりが、なんとかしてくれるのだろうか。

ユウリにはわからなかったが、なんであれ、おのれの性格を思えば、たぶん、こうして関わってしまった以上、放っておくことはできないはずだ。

問題は――。

(シモンを、どうしよう……)

この手のことにシモンを関わらせるのは嫌なのだが、向かう場所がチェルシーのフラワーショーである限り、避けて通るわけにもいかない。

何より、この状況で、シモンがあっさり身を引くわけがなかった。

今度は、前より大きな溜め息をついたユウリが、「わかった」と言って、承諾する。

「明日、もう一度、フラワーショーに行って、原田氏に話を聞いてみる」

『そうしてくれ。――すでに、話は通してある』

つまり、そこまでの指令は絶対で、ユウリに否はないようだ。

「一つ、訊いていい？」

『なんや？』

電話を切る直前、ユウリが思いついて確認する。

「事の発端である、夢で箱を拾ったというのは、どういう人？」

『どういうというのは？』

「えっと、訊きたいのは、この箱とは縁もゆかりもないかってことなんだけど」

『ない』

断言した隆聖が、『それについては』と説明する。

『当然、桃里のほうでも念入りに調査したようだが、まったく関係ないことがわかったそうだ』

「ふうん」

『ただ、夢を通じて中継してしまっただけだ、と』

「そうなんだ」

珍しいこともあるものだと思い、さらに尋ねる。

「その人も、霊能者？」

『いいや。一般人よりは感度がよく、夢や霊の影響をすごく受けやすい体質ではあるようだが、いたってふつうの青年だと評していた』

「なるほどね」

桃里家が調査したことであれば、疑う余地はないと思い、ユウリも、その方面からのアプローチは考えないことにした。

どっちにしろ、箱も中身も、すでにこちらにあるのだ。いかに漠然としていようと、ここから始めるしかない。

そこで、隆聖との電話を終え、携帯電話をしまっていたユウリに、シモンが気がかりそうに問いかけた。

「なんか、複雑そうな話をしていたね？」

「……うん」

頷いたユウリが、簡単に事情を説明する。

聞き終わったシモンが、一度、アンリと顔を見合わせてから感想を述べる。

「それは、またやっかいそうな……」

「本当に」

心から応じたユウリが、「なんだったら」と言いかけるが、軽く片眉をあげたシモンが先手を打って応じる。

「別行動にしようなんて馬鹿なことは、言わないよね？」

「――えっと」

まさにそう言おうと思っていたユウリに対し、溜め息をついたシモンが「だから」と告げる。

「どうして、この状況でそういう発想になるのかがわからないけど、乗りかけた船であれば、当然、僕も協力するよ。――実際、すでに協力し始めているし」

言いながら渡された木箱は、最初とは違う形に変化していた。

「え、嘘！」

驚いたユウリが、箱を取り上げて確認する。

「開いたの？」

「うん」

あっさり認めたシモンが、「あんがい」と続ける。

「簡単な作りだったよ。中心に軸があって、その脇を叩いて飛び出したところを引っぱったら、いくつかの塊に分解した。その一つが箱になっていたんだ」

「へえ」

いくつかのパーツに分かれたものを眺めていたユウリが、「あ、そういえば」と隆聖から受けた説明の一部を思い出して問う。

「箱の底に、紋様があるようなことを言っていたんだけど」

すると、すでに承知していたシモンが、「それについては」と答えた。

「写真に撮ったものを知り合いの分析官に送っておいたので、おっつけ、なにかしらの回答が来るはずだ」

さすが、シモンだ。

やることが早い。

そこで、その結果を待ちつつ、翌日、一緒にフラワーショーを再訪することに決め、彼らは、早々寝ることにした。

## 4

深更。

夜の花園に、白い影が揺らめいた。

サンザシの茂みから立ちあがった白い影は、きらめきを増しながら、水の張られた人工池のほうへとゆっくり移動していく。

キラキラ。

キラキラ。

動くたびに、鱗粉（りんぷん）が舞うように、あたりに白いきらめきが広がる。

次第に輪郭がはっきりとしてきたそれは、最終的に、一人の美しい女性の姿へと変化する。

ただ美しいのではなく、この世の者ならぬ美しさだ。

花のごとき顔（かんばせ）。

月光のように青白く光る髪。

花の女神か妖精（ようせい）のような女性は、水辺に立つ背の高いサンザシの前に立つと、つと手を伸ばし、そこにかかっている布切れの一つに触れた。

「……ほう」

女性の口から歌うような美しい声が漏れ出る。

「これに、呼ばれたか……」

しばらく手にした布を眺めていた女性が、ふと何かに惹かれたように頭を巡らせ、夜の闇に視線を凝らす。

月明かりの下。

暗がりに沈む草花たちが濃密な空気を吐き出しているこの場には、今、昼間とは明らかに違う妖しげな気配が立ち籠めている。

布を放した女性が、闇と向き合う形で言う。

「これは、珍しい……」

それから、闇のほうへと光り輝く手を差し出しながら、おもしろそうに問いかけた。

「そちらも、これに惹かれた口か？」

だが、それに対する返事はなく、代わりに、ザザザザザッと音をたて、あたりの木々がいっせいにざわめく。

そこに、どんな訴えを聞き取ったのか。

つと視線を落とした女神が、ふたたび顔をあげ、厳しい声で言う。

「気持ちはわかるが、そもそも、その原因を作ったのがそなたの傲慢さであれば、しかたのないことであろう」

それでも、闇の中に感じ取った苦しみを思いやり、彼女はややあって告げる。

「いいだろう、流離の者よ。お前の魂のために、私にしてやれることは一つだ」

ザワザワとあたりで音をたてる者に向かって、彼女はその方法を伝授する。

「明日、お前の前に救世主が現れるだろう。その者が、そなたの願いを一つだけ叶えてくれる。――だが」

そこで、大事なことを伝えるように、彼女は声に威厳を込めて続けた。

「そこで願いを間違えれば、すべては水の泡。お前も、お前が恋い焦がれる者も、永遠に救われることはなくなる。それをゆめゆめ忘れず、人を愛するということの根本について考えておくことだ。――よいな？」

女神の問いかけに対し、やはり応える声はなかったが、闇夜に響く木々のざわめきがいっそう高まり、不穏な魂の叫びをあたりに散らした。

# 第三章　チェルシー再訪

## 1

翌日。

午前中の早いうちから、シモンと二人、チェルシーのフラワーショーを再訪していたユウリの携帯電話に、日本にいる隆聖(りゅうせい)からメールが入った。それには、本日の訪問先である日本人ガーデンプランナー、原田智彦(はらだともひこ)との面会時刻が記されていて、それまでまだ、一時間近くあることが判明する。

「うわ、ごめん、シモン。来るのが少し早かったみたいだ」

大いに慌てたユウリに、シモンが鷹揚(おうよう)に答える。

「別に、気にしなくていいよ。昨日見そびれたところは他にもあるし、なんだったらグレート・パビリオンでも散策してみるかい？」

「そうだね」

　そこで、そちらに足を向けた彼らであったが、辿（たど）り着（つ）く前に、あるショー・ガーデンに人だかりができていることに気づき、シモンが「変だな」と声をあげる。

「あれって、ニコラのところだけど、なぜ、急に行列なんかができているんだろう？」

　昨日訪れた時も閑散としていたし、イギリスではまだ無名に近い彼の庭は、どちらかというと静かに観賞できるスペースであり、決して行列ができるほど人気の高いほうではなかったはずだが、一夜で何が変わったというのか。

「本当だ」

　ユウリも不思議に思い、二人して様子を見に行くことにした。

　辿り着いてみると、やはり人だかりができているのはニコラのショー・ガーデンで、みんなスマートフォンやカメラを取り出し、押し合いへし合いしながら、庭内を写真に収めようとしている。

　この混雑の中、客が強引に庭に押し入っていないのは、サンザシの生け垣の前に、昨日までは見かけなかった警備の人間が立っていて、部外者の侵入を阻止しているからだ。

　ユウリが、呟（つぶや）く。

「いったい、何があったんだろう」

　まさか、事件でも起きたのか。

すると、先にスマートフォンで情報を収集したらしいシモンが、「へえ」と若干懸念の混ざった声をあげる。

「どうやら、奇跡が起きたらしい」

「奇跡？」

繰り返したユウリの前にＳＮＳにアップされている写真を見せ、シモンが言う。

「ほら、これ。――ニコラの庭に、一晩で白いクローバーが咲いたそうだよ」

「白いクローバー？」

写真を覗き込んだユウリだが、どれも遠目でわかりにくい。

「――あ、これかな？」

写真の一ヵ所を指して言ったユウリに、シモンが頷いて同調する。

「たぶんね」

それから、顔をあげ、庭のほうに視線を転じながら不思議そうに言う。

「でも、いったいどういうことだろう？」

すると、それに答える形で、すぐ背後で声がした。

「当然、オルウェンのお出ましを疑うべきだな」

なんとも高飛車な声。

ユウリもシモンも、その声には嫌になるほど聞き覚えがあり、まさかと思いながら振り返ったところに、やはりサングラスをかけたアシュレイがいた。

「アシュレイ⁉」

「驚いたな。こんなところで、何やっているんです？」

天敵の登場に、塑像のように整った顔をしかめたシモンが言うと、サングラスの端からチラッとこちらに視線をやったアシュレイが、「毎度のことだが」と応じる。

「それは、こっちの台詞だよ、イギリス好きのフランス人。たまには、母国で静かにしていようって気はないのか？」

それから、ユウリの鼻先に人さし指を突きつけ、「お前も」と告げた。

「呼ぶ前から、出張るな」

「……呼ぶ前？」

つまり、アシュレイには、これからユウリを呼ぶ予定があったということだ。

当然、眉間の皺を濃くしたシモンが何か言いかけるが、その前に、人混みをかき分けてやってきたニコラが、シモンに気づいて声をかけてくる。

「坊──、シモン様」

最初に言いかけた呼び方を改め、名前を呼んだ彼を、シモンが呼び返す。

「やあ、ニコラ。なんだか、大変なことになっているようだね？」

「ああ、はい」

認めたニコラは、よく見ると一人ではなく、後ろに数人、マスコミ関係者と思われる人たちを引きつれていた。

「本当にそうなんですが、こんなところで立ち話もなんですので、どうぞ一緒にお入りください。中で説明します」

そう言って、警備員に挨拶（あいさつ）して生け垣の中に入ったニコラに続き、ユウリとシモンと、さらに素知らぬ顔をしたアシュレイが、マスコミ関係者とともに庭の中に入り込む。

ぞろぞろと列をなして歩いていき、問題となっている場所に近づくと、たしかに、昨日まではなかった白いクローバーが咲いている。しかも、サンザシの茂みから水辺のサンザシの根元まで、一筋の白い道ができているのだから、なんとも不可思議だ。

「……すごいですね、これ」

ユウリが感嘆し、ニコラも認める。

「ええ。おかげさまで、朝から『奇跡だ』、『奇跡だ』と大変な騒ぎになってしまって」

たしかに、さまざまな「願い」の飾られた木のそばで起きた不思議であれば、みんなが「奇跡」を求めて熱狂するのも無理はない。

「だけど、なぜでしょう？」

「さあ。私のほうでも、原因はわかりません。実は、午後には植物学者が来て、この現象を調査することになっていて」

シモンが訊く。

「誰かの悪戯という可能性はない？」

その際、チラッとアシュレイに視線を流したのは、このタイミングで彼が現れたことに対する抜けきれない警戒心のためだろう。少なくとも、彼なら、この程度のパフォーマンスなど朝飯前だ。

そのアシュレイはといえば、勝手に庭内を歩きまわり、サンザシの枝にかけられた布をめくったりしている。

ニコラが「いいえ」と否定した。

「侵入者があったという形跡はありませんし、何より、スプレーとかで色づけしてあるわけではないので、悪戯とはとうてい思えません。本当になにがなにやら……」

軽く頭を振ったニコラが、「昨日までとの違いは」と付け足した。

「それこそ、お二人に書いてもらった『願い事』の布を、閉場後に新しくかけておいたことくらいですよ」

そこで、シモンとユウリが顔を見合わせる。その間に、マスコミの人間に呼ばれたニコラが場を外し、二人はそれぞれ呟いた。

「『願い事』を書いた布か……」

「そういえば、そんなこともあったね」

隆聖から依頼されたこと以外はすっかり頭から消え去っていたユウリが、「う～ん、そうかあ」となって、もう一度足下の白いクローバーに視線を落とす。今の会話で、この現象の原因の一端が、もしかしたら自分のやったことにあるかもしれないと考えついたからだ。

というのも、昨日、願い事に付け足したアルファベット四文字。

あれは、神に通じるための呪いである。

此方から彼方へ、願いを通すための呪文――。

それに対する答えが、この白い道だったとしたら、どうだろう。

もし、そうなら、ユウリの願い事は、この奇跡を起こした何者かに聞き届けられたとみていいのだろうか。

そこで、ふと思い立ったユウリは、水辺のサンザシのそばでしゃがみ込み、何かを拾っているアシュレイを見て尋ねた。

「そういえば、アシュレイ、さっき、白いクローバーについて、何か言っていませんでしたっけ？」

「オルウェンのことか？」

「ああ、はい、それです」

ただで教えてもらえる保証はなかったが、どうやら少々退屈していたらしいアシュレイは、あんがい素直に「オルウェンは」と言いながら立ちあがり、サンザシの小枝を回しながら説明してくれた。

「ケルトにおけるサンザシの女神の名前だ。——白き処女神オルウェン」

「サンザシの女神……」

「もっとも、その存在は妖精に近いものであるはずだが、彼女の歩いたあとには、こうして白いクローバーが咲くと言われ、古来、願い事を叶えてくれる女神として信仰を集めてきた」

「へえ」

そこで、ふたたびシモンと視線をかわしたユウリに、手にした小枝を差し出したアシュレイが、「ということで」と告げる。

「お前が呼び覚ましたものと交信できるよう、いつでも受信可にしておけ」

「『受信可に』って」

言われたことを受諾したようにとっさに小枝を受け取ってしまったユウリが、慌てて確認する。

「え、でも、僕が呼び覚ましたって、どうしてそう思うんですか？」

「決まっている」

そう言って、サンザシの木を顎で示したアシュレイが、「ＡＧＲＡ」と四文字のアルファベットを唱えあげた。

「あれは、お前がいつも使う呪文の頭文字だろう。──まったく、いつの間にか小賢しいことを覚えたもんだが、気をつけたほうがいいぞ」

「気をつける？」

「ああ。献身的な祈りの代わりに願い事を引き受けてくれる絶対神とは違い、この手の神は、基本、取引だ」

　そこで一拍置き、青灰色の瞳を妖しく光らせたアシュレイが、「つまり」と恐ろしげに告げた。

「何かを願うなら、なんらかの犠牲も覚悟しろということだ」

「犠牲──」

　思いもよらない言葉を浴びせられ、一瞬言葉を失ったユウリに代わり、シモンがユウリを守るように肩に手をかけて言う。

「いつもながら、ためになるご忠告に感謝しますよ。──でも、ユウリには僕がついているので、ご心配なく」

　断言したシモンを見返し、アシュレイが嘲るように笑う。

「それは、いい心構えではあるが、残念ながら、えらい頼りがいのない守備だと言わざるをえない。──わかっていると思うが、ああいった連中を相手に、ベルジュ家の鎧は通用しないからな」

「もちろん、承知の上ですよ」

顔色一つ変えずに応じたシモンが、「ただ」と言い返す。

「ユウリのまわりにある鎧は、なにも一つとは限りませんから」

「ほお？」

そこで、底光りする青灰色の瞳を細めたアシュレイが、考えを巡らせるように二人の顔を眺めやった。

ややあって、「なるほど」と閃きを得て告げる。

「今までの話から推測するに、その別の鎧とやらは、さしずめ日本からのバックアップということか。――つまり、お前たちが、今日、ここにいるのは、そっちの依頼である可能性が高い」

それから背後を振り返り、「そう考えると」と別の根拠をあげる。

「たしか、このフラワーショーには日本人のガーデンプランナーが参加していることも無関係ではないのだろうな」

さすが、鋭いところをつく。

アシュレイは、あっという間に、彼らが幸徳井家から依頼を受けてこの場に来ていることを見抜いてしまった。

しかも、それは、彼にとって、かなり有益な情報であったらしい。

「だが、それならそれで、こっちとしては好都合だ」

「なぜ、幸徳井家が絡むと、貴方が好都合なんです？」

すかさずシモンが突っ込むが、それを無視して、アシュレイは「ということで」と言いながら、ユウリに視線をやった。

「一つ訊きたいんだが、ユウリ」

「……なんでしょう？」

「お前、最近、夢で木箱を拾わなかったか？」

「え──」

当然、ユウリとシモンが顔を見合わせ、すぐに警戒するようにアシュレイに視線を戻したシモンの横で、ユウリが恐々と応じる。

「ちょっと、その質問は怖すぎるんですけど、アシュレイ」

片眉をあげたアシュレイが、言い返す。

「それは、拾ったという意味か？」

「いえ。実際に拾ったのは僕ではありませんが、これから、その件で人に会うことになっています。相手は、まさに、今、アシュレイがおっしゃった日本人のガーデンプランナーなんですけど……」

そこで一拍置いたユウリが、その場で決断し、申し出る。

「もしよければ、アシュレイも一緒に話を聞きに行きますか？」

「――ユウリ」

即座にシモンが制止の声を発したが、ユウリはそんなシモンを見あげて主張する。

「だって、シモン。正直、今のままでは、情報が少なすぎて、何をしていいか途方に暮れてしまいそうだし、それくらいなら、この際、アシュレイと共有できる情報があるなら共有してしまったほうがいいんじゃないかって」

「それは、たしかにそうだけど」

なにも、こちらから率先して引き入れなくてもいいではないか。

こうなったからには、いずれ、アシュレイのほうから干渉してくるのは、目に見えていた。

ならば、今後の交渉を優位にするためにも、それを待ってからでも遅くはなかったはずだが、その手の駆け引きはせず、目的に向かってまっすぐに進むのがユウリという人間であれば、これもしかたのないことである。

それに、この邂逅（かいこう）は、アシュレイにしてみても想定外だったようなので、さすがに警戒しなければならないほどの裏はないはずだ。

そこで、しぶしぶ認めたシモンとユウリ、そしてアシュレイの三人は、ニコラの庭をあとにして、ガーデンプランナーの原田智彦に会いに行った。

原田智彦は、日本人でありながら、このチェルシー・フラワーショーの常連で、毎回なにかしらの賞を受賞する有名人だ。

そのため、会期中、彼のショー・ガーデンは連日行列ができ、見るのに一苦労する。

## 2

ただ、今回は、原田智彦本人との約束があったため、三人は行列を尻目に、すんなり庭園に近づくことができた。

パッと見に、日本人らしい端正な造りの庭である。

「悟り」をテーマにしているだけあって、禅宗の庭のようでありながら、しっかり洋風な色彩も取り入れた、実に素晴らしい出来栄えといえた。

とはいえ、残念なことに、お互いの顔を知らないため、ひとまずショー・ガーデンの前での待ち合わせとなったが、自己紹介を終えたあとは、順番待ちをしている客の邪魔にならないよう、すぐに休憩所に移動することになったため、せっかくの庭をじっくりと観賞する時間は取れずに終わる。

花飾りのある木の下に設けられた休憩所でお茶を飲みながら、原田が「それで」と日本語で尋ねた。

「なんか、よくわからない話なんだけど、僕に訊きたいことがあるそうだね？」

　隆聖が、どういうふうに話を持っていったのかはわからないが、どうやら、大口の出資者の一人から頼まれたということで、今回、こうして彼らのために時間を作ってくれたようである。

「そうなんです」

　同じ日本人として日本語での会話の主導権を握らざるをえないユウリが、原田に対して訊く。

「唐突に変なことを訊くようですけど、日本を出てから今日までの間に、何か不思議だなと思うようなことって、ありませんでしたか？」

　コーヒーの入った紙コップを手にしていた原田が、飲もうとしていた手を止め、奇妙そうにユウリを見る。

「たしかに、変なことを訊くんだね」

「すみません」

「いや」

　結局、コーヒーは飲まずに紙コップを置いた原田が、「謝らなくても」と教える。

「この約束を取りつけた人物から、そんなようなことは前もって聞いていたから、気にはしてないよ」

「そうなんですか？」

「うん」

「ちなみに、なんて言われたんでしょう？」

ユウリの問いかけに対し、その時のことを思い出したのか、小さく口元で笑った原田が「きっと」と告げる。

「彼らは君に変なことを訊いてくると思うけど、心当たりがあれば、正直に答えてやってくれって」

「へえ」

「だから、正直に答えるけど、不思議だなと思うことはあったよ」

「本当に？」

思わず身を乗り出したユウリが、尋ねる。

「どんなことですか？」

「数だよ」

「数？」

「そう」

短い受け答えの合間に、ついにコーヒーを飲んだ原田が、「それがね」と話し出す。

「現地に運び込む荷物が多くて、スタッフは全員、個人の荷物以外に、大きな荷物を一つ持ち運ぶ必要があったんだけど、最初に成田空港で割り振った荷物が、ヒースロー空港に着いてから、なぜか余るようになってしまって」

「……えっと」

ユウリが、よくわからずに混乱を示した。

「それって、どういうことですか？」

「だからさ」

言いながら、原田はさらに一口コーヒーを飲んで続ける。

「ヒースロー空港で降りた際、みんなそれぞれ、飛行機に乗る前に割り振られた荷物を持つだろう」

「はい」

「そうすると、一つ、どうしても荷物が余ってしまうんだ」

「つまり、その荷物を割り振られた人がいないということですか？」

ユウリの確認に、原田が頷く。

「ぶっちゃけ、そうなんだろう。――でも、君だって、おかしいと思わないか。成田空港では、たしかに、それで荷物が運べたのに、こっちに着いたら、運べなくなってしまうなんて」

「そうですね」

頷いたユウリの横から、完璧に内容を理解しているシモンが、きれいな日本語で口をはさんだ。

「誰かが、自分の割り振られていたはずの荷物を、忘れたのではなく？」

それに対し、シモンの外見から、勝手に日本語はわからないだろうと判断していたらしい原田が、若干驚いた様子で答えた。

「――いや。何度も確認したし、連れてきているのは優秀なスタッフばかりだから、そんな手違いはないよ」

言ったあとで、しみじみと付け足す。

「君、日本語、話せるんだ？」

「はい」

「しかも、上手」

「ありがとうございます」

そこで、脱線した話を戻すように、「まあ、それはともかく」と原田が続けた。

「変だと思って、人数をたしかめたら、成田空港で荷物を割り振る時に数えた人数と、ヒースロー空港で数えた人数が違ってね。誰か、置いてきてしまったかと、慌てて名簿と照らし合わせたんだけど、足りない人間はいなかった」

「ということは、結果として、成田空港では、存在しないはずの人間を数に入れてしまったということでしょうか？」

　ユウリの確認に対し、原田が戸惑い気味に認める。

「はっきり肯定するのは嫌だけど、それ以外に考えられないのもたしかなんだ。——だから、不思議だと思うことがあったと、こうして言えるわけだし」

「そうですね」

　ユウリが納得する。

「すごく参考になります」

　煙るような漆黒の瞳を伏せて応じるユウリが、その瞬間、とても神秘的に思えたらしい原田が、「君は」とどこか楽しそうに告げる。

「こんな話を聞いても、まったくバカにしないどころか、むしろきれいに昇華してしまえるんだね」

「昇華？」

「うん」

　どういう意味かと目で問い返したユウリに、「いやさ」と原田が答えた。

「実は、スタッフたちの手前、あまり気にしたふりはしていなかったんだけど、心の奥底では、何かもやもやしたものをずっと抱えていたんだ。——それが、君にこうして話したとたん、なんか、妙にすっきりしたというか、あまり考えなくてもいい気がしてきて」

それは、おそらく、なんらかの悪霊を媒介したことによる瘴気が、ユウリと話すことで浄化されたということなのだろう。

察したシモンとアシュレイが、それぞれ、皮肉げな笑みを浮かべる。

ユウリはユウリで、「それなら」と笑顔で応じる。

「よかったです。お邪魔だと思っていたので、こっちも、話を聞きに来た甲斐がありました」

「うん。話せてよかったよ」

そこで、話が終わるかと思いきや、「あ、そういえば」と原田が付け足した。

「ヒースロー空港で、誰かいないんじゃないかと騒いでいた時に、スタッフの一人が、具体的なことを言っていたんだ」

「具体的?」

「うん。みんなの記憶が曖昧な中で、その子だけは、はっきりと、『そういえば、緑色のTシャツを着ていた人がいない』って断言していた」

「緑色のTシャツ——」

その言葉に、何か引っかかりを覚えたユウリが、「あの」とすぐさま申し出る。

「すみませんが、そのスタッフと話すことはできますか?」

3

「愛梨（あいり）」と名乗ったその女性スタッフは、先ほどから三重苦に耐えているように、ユウリには思えた。二十代に見える小柄な三十代女性で、明るいブラウン系の色に染めた髪を頭の後ろで結わえている。

　彼女が耐えているのは、まず何より、自分が見ず知らずの外国人に呼び出されたことに対するプレッシャーだ。

　これから、自分はどうなってしまうのかという不安もあるのだろう。

　さらに、対面する中に、おそらく彼女の人生の中で関わったことのないような、まさに映画の世界から飛び出してきたような美貌（びぼう）やら高雅さやらを併せ持ったシモンがいて、その隣には、彼を前にした万人が重圧感を覚えるアシュレイが座っている。

　これで、緊張するなと言うほうが無理である。

（気の毒に……）

　そう思うユウリのふつうさだけが、現在の彼女の唯一の救いであるように、愛梨は、ちらちらとユウリに視線をやりながら日本語での話を進めようとした。

「本当に、顔とか、はっきりと覚えているわけではないんだけど、Tシャツの色が、かなり目にまぶしい緑色だったので、私の中では、そのことがすごく印象に残っていて……」

　そこで、ジュースのストローに口をつけ、中身を飲んでから「それなのに」と続ける。

「ヒースロー空港で、誰か足りないという話になった時、誰も、その緑色のTシャツの人のことを覚えていなかったのが、むしろびっくりだったの。——だって、一目見たら絶対に忘れられない色よ」

　主張されたので、ユウリが尋ねる。

「蛍光色のような色ですか？」

「ううん。萌黄色なんだけど、鮮やかで、ちょうど太陽の下で新緑を見た時のような色合いだったと思う」

　それは、ずいぶんときれいな表現である。

　想像しながら、ユウリが言う。

「それなら、その人がどんな人だったかは、ほとんど覚えていないんですね？」

「ええ、残念ながら」

「男か、女かも、ですか？」

「いや、それはさすがにわかるわよ。男だった。間違いないわ」

「男……」

　考え込んだユウリに対し、愛梨が、ふと表情を翳らせ、「ただね」と声を小さくする。

「他の人たちが、その緑色のTシャツを着た人のことを覚えていないと言った時、もしかして、またやっちゃったのかなって思ったのは事実よ」

「『またやっちゃった』？」

相手の言葉を繰り返したユウリが、チラッとシモンやアシュレイと視線をかわしてから問い返す。

「どういう意味でしょう？」

「それは、えっとね」

自分で言い出しておきながら、どこか言いにくそうに言葉を濁した愛梨が、「あまりこういうことを言うと」とシモンのほうを気にしながら告白する。

「頭がおかしいとか、変な奴(やつ)とか、妄想癖があるとか、思われてしまいそうで嫌なんだけど、私、実は、こういうこと、初めてじゃなくて……」

曖昧な言い回しに対し、ユウリが具体的なことを確認する。

「『こういうこと』というのは、もしかして、そこにいたはずの人が、いなくなってしまうことでしょうか？」

「えっと、ちょっと違う……かな？　なんて言うか」

考え込んだ愛梨が、「たぶん」と続ける。

「『いたはず』の人ではなく、初めからいない人のことを見てしまう……的な？」

「へえ」

意外そうに応じたユウリが、「つまり」と続ける。

「愛梨さんには、霊感があるんですね？」

「いや、う～ん。『霊感』なんて言うと、かなり大げさな気がするかも」

そう言った彼女は、「別に」と説明した。

「幽霊と思って見るわけではなく、むしろ、こちらが無意識の時に、あっちが勝手に視界に入ってきてしまう感じ？」

「勝手に……ですか？」

「そう。――たとえばなんだけど」

彼女は、わかりやすいよう、昔語りをしてくれる。

「高校時代、学校の帰りに、みんなでおしゃべりしていたの。場所は流行のパンケーキ屋さんで、すごく楽しかったのよ。なんといっても、箸(はし)が転がっても笑いが起こるような年代だから、そりゃもう、笑いっぱなし」

「いいですね」

笑いさざめく女子高生たちの姿を想像したユウリが、そんな相槌(あいづち)を打つ。

実際、十代の女の子たちが持つ共感力の高さは一種独特なものがあり、同じ年代でも、男子にはあまり見られない傾向だ。

他者と喜怒哀楽がピタリと一致する。

その感覚は、なににも代えがたい天からの賜物とも言えよう。

愛梨が、「その時にね」と続けた。

「私、途中からずっと、隣の席の人がこっちを見ているなって思っていたの。目の端に映っている人影が、あまりにジッとこっちを見ているから、なんだろうって、意識のどこかで引っかかっていて」

「……それで？」

「もちろん、おしゃべりに夢中になっていたこともあって、ずっと放っておいたわよ。正直、そっちを見るのが怖い気もしていたし」

話しながら、今も彼女はチラッと自分の横を見た。まるで、いまだにそこに誰かがいて、自分のほうを見ているのではないかと疑っているかのように──。

愛梨が「結局」と話を締めくくる。

「おしゃべりをしているうちに、いつの間にか視線は消えていて、ホッとした私は、その時になって初めて勇気を出して、視線を感じていたほうを見たの。──そうしたら、なんと」

そこで一瞬、間を置いた隙に、アシュレイが日本語で口をはさんだ。

「実は鏡になっていた──とかか？」

ありきたりな結末を口にしたアシュレイに対し、「惜しいけど、違う」と首を横に振った愛梨が、「もしそうなら」と言う。

「まだよかったんだけど、——ほら、自分が映っていただけってオチになるから」

「そうですね」

ユウリが笑って応じると、彼女もそれに応えて笑ったあと、その表情を引きつらせて告げた。

「でも、実際はというと、私、窓側に座っていたの。しかも、その店はビルの十階に入っていて、窓の外に人なんか絶対に立てるわけがない」

「——ああ、なるほど」

それは、けっこう恐ろしい。

怪談ではありがちな話であるが、実際に経験したら、さぞかしゾッとするだろう。

もちろん、映像があるわけでもないだろうから、誰に話しても勘違いだと言われてしまうだろうし、本人も、あんがい、そう思おうとしてきたのだろうが、こうして話している時の怯え具合からして、何年経とうが、愛梨は、その時のことで自分を納得させることができないでいるらしい。

そこで、つと手を伸ばして彼女の手に触ったユウリが、静かに告げた。

「大丈夫ですよ。そこに人がいたとしても、もういませんから」

「え？」

「きっと、愛梨さんたちの楽しそうな様子に惹かれて、ちょっとだけ覗きに来ちゃっただけです。だから、もう何も心配しなくていいですよ」

「心配って……」

まさか、その時のことで慰めてもらえると思っていなかった愛梨が、びっくりしたようにユウリを見る。

「まさか、今の話、信じてくれるの？」

「はい」

「私の勘違いなんかじゃないって？」

「そうですね」

「会ったばかりで、私のことなんか知らないのに？」

「ええ」

ユウリが、わずかな躊躇いも見せずに肯定する。

「私が、嘘をついていたらどうするの？」

「嘘なんですか？」

意外そうに訊き返したユウリに対し、「いいえ、違う」と即答した愛梨が、間髪を容れずに断言した。

「私、見たの。たしかに、隣に人がいるのを目の端で見たのよ」

「ええ。だから、たぶん、そこに誰かいたのだと思います」

あっさり認めたユウリが、諭すように告げる。

「今も言いましたが、もう大丈夫です。緑の服を着たスタッフが去っていったように、その人も、貴方のそばにはすでにいないから、忘れてしまって大丈夫です」

「本当に？」

「本当です」

「私、忘れてしまっていいの？」

「はい」

「そのことで、祟られたりしないかな？」

「絶対に、そんなことはありません」

口調は静かだが断固として否定し、ユウリが「ただ」ともう一度、「だから」と断言する。

「安心していいですよ」

「――そっか」

ようやく心の底から安堵したような声を出した彼女は、まさに憑き物が落ちたかのように、ストンと一緒に肩を落とした。おそらくその瞬間、十年、二十年の歳月、彼女の心の奥底に澱のように沈み込んでいた幽霊の影が、きれいに昇華されたのだろう。

ユウリにとって、愛梨の話が事実かどうかなんて、この際、関係ない。

ただ、彼女が誰にも認めてもらえず、自分の中にしまい込むしかなかった影を拭ってやる必要があるように思えたのだ。

表に出せない思いや幻想。

それは、水が岸を削るように、長い年月をかけて人の心をすり減らしていく。

だから、時には、無責任でいられる赤の他人が、それを引き受けて外に出してあげるのも悪くないはずだ。

巷にはびこる占いの基本は、そういう形の浄化であると、ユウリなどは思っていた。

すっかり虚脱した様子で遠くにぼんやりとした視線をやりながらストローをくわえた愛梨が、中身を飲み干したところで「あ」と声をあげた。

「やだ、急に思い出しちゃった」

「何をですか？」

ユウリが尋ねると、「その緑色のTシャツなんだけど」と前置きし、空のカップを両手で包み込むように持ちながら告げた。

「模様が入っていたと思う」

「模様？」

繰り返したユウリが、首を傾げて問いかける。

「どんな？」

「葉っぱよ」

答えた彼女は、「うん、間違いない」と自分の記憶に確信を持って断言した。

「かなりリアルな葉っぱの絵が描かれていた」

# 4

怪談めいた話を聞かされたあとであるせいか、歩き出したユウリには、真昼の白々とした陽射しが妙に空疎感を孕んでいるように思えた。

それは、心と身体のバランスが少しずれてしまったせいであるかもしれない。

しかも、どうやらそれはユウリに限ったことではなかったようで、歩き出してすぐに、シモンが言い出した。

「ちょっと思ったのだけど」

振り返ったユウリが訊き返す。

「何を、シモン？」

「……いや」

珍しく躊躇いを見せて金色の髪をかきあげたシモンを、アシュレイが横目でチラリと見た。彼にしても、シモンのそういう煮え切らない態度には、若干の違和感を覚えたのだろう。

ややあって、シモンが続ける。

「今しがた、彼女が話していた『葉っぱの絵の描かれた緑色のTシャツ』を着ていたという消えたスタッフと、フラワーショーの会期中、会場内で目撃されている『緑のジャック（ジャック イン ザ グリーン）』には、どことなく似通ったものがあるのではないかって」

「ああ、うん」

ユウリが認める。

「実は、僕も、そのことを考えていたんだ」

同意を得て、シモンが「つまり」と続ける。

「僕たちが捜している、木箱から飛び出したものが、緑色のTシャツを着た男としてイギリスに渡り、その後、同行していた原田氏のスタッフの一団を離れて、今度は『緑のジャック』として動き回っていると考えたとしよう」

「うん」

「そうすると、一つ問題なのは、『緑のジャック』については、霊感の強い君やあのスタッフだけでなく、僕やその他大勢の人間にも、姿が見えることなんだ」

「……たしかに」

ユウリも、それは思っていた。

これだけ目撃談が多いのに、その正体が幽霊や精霊などということがありうるのか。

するとそれまで黙っていたアシュレイが、意外そうに呟いた。

「『緑のジャック』――」

それから、前方に視線を留めたまま、「お前が見たというそいつは」とユウリに対して尋ねる。

「もしかして、アレのことか？」

「え？」

「なに？」

異口同音に声をあげ、いっせいにアシュレイの見ているほうに視線をやったユウリとシモンの目に、突如、その姿が飛び込んでくる。

ほぼ同時に、周囲でもざわめきが広がった。

「あ、見ろ。『緑のジャック』だ！」

「本当だ！」

「『緑のジャック』がいるぞ！」

「『緑のジャック』が出た！」

「チャンス！　追いかけよう！」

そんな言葉とともに、何人かの青年が走り出す。より多くのフォロワー数を獲得するため、なんとしても、間近ではまだ撮られていない「緑のジャック」を写真に収めたいのだろう。

「俺たちも行くぞ、ユウリ」

こちらはフォロワー数などいっさい関係ないが、目的を達成するために、アシュレイがそう言ってユウリをうながした。

「え、行くんですか？」

「ああ」

相手の動きを読み、素早く距離と位置を計算したアシュレイが、みんなが走っていく方向とは違うほうへ踏み出しながら付け足す。

「今は、少しでも奴の情報が欲しい」

そこで、シモンと顔を見合わせたユウリが、すぐにあとに従った。

「緑のジャック」の先回りをし、正面からその姿を捉（とら）えようとしたアシュレイの読みは完璧に当たり、彼らが移動した広間の前に「緑のジャック」が歩いてくる。

遠目にならはっきりと捉えられるその姿は、だが、やはり近づくにつれ、次第に透明感を増し、周囲の景色に溶け込み始めた。

「あ、消えちゃう——」

呟いたユウリが、慌てて「緑のジャック」に向かって走っていくと、ふいに前方で起こった風が、ザッと音をたてて砂埃（すなぼこり）を巻きあげた。

「わ」

さすがに足を止めざるをえなかったユウリが、その場で顔を庇（かば）って腕を高くあげていると、すぐ脇をスッと何かが通り過ぎていくのがわかった。

（――ジャック？）

なんとか相手を見極めたかったが、砂埃がすごくて、とてもではないが目を開けることは叶わず、仕方なく、そのままじっとしていたユウリが恐る恐る目を開けた時には、すでに「緑のジャック」の姿は消え失せ、どこにも見ることはできなかった。

同じことが、すぐ後ろにいたシモンとアシュレイにも起こっていたようである。

「――やはり、消えてしまいましたね」

シモンの言に応え、アシュレイも「ああ」と認める。

ただし、無駄に行動することのないアシュレイであれば、その手に握りしめたものを開いて見せながら、告げた。

「だが、正体は、ある程度わかった」

「そうなんですか？」

さすがに驚いたシモンに続き、ユウリも振り返って尋ねる。

「どうやって？」

ユウリですら、その気配しか摑めなかったというのに、いったい、アシュレイはなにをどうして相手の本質に迫ることができたのか。

その答えは、彼が摑んだ砂埃の中に見出せる。

「灰だよ」

「灰？」

訊き返した二人に対し、手の中のものを示しながら、アシュレイが告げる。

「奴の幻影を映しだしているのは、灰だ」

それから、その手を返して砂埃を払ってしまうと、「奴の正体がなんであれ」と続けた。

「そいつは、燃やされて灰になったんだ」

「燃やされて……」

ユウリが呟く。

その声に一抹の不安が混じったのは、もし、アシュレイの言葉が正しいとして、その場合、相手を見つけ出したあと、ユウリにできることはなんだろうと思ったからだ。

火は、水と対を成す浄化の手段だ。

しかも、浄化の強さという点では、水を上回る力がある。

そんな火を通しても消え去らなかった怨念（おんねん）なり情念であったとしたなら、それを浄化するためにできることとはなんなのか。

わからなかったが、今は考えてもしかたないので、ユウリは考えないことにする。

迷った場合、進めば、おのずと道は開ける。

そんなことを思っているユウリの横で、シモンがアシュレイに訊いた。

「アシュレイのおっしゃるとおりだとしても、先ほども言いましたが、そんなものが僕や貴方や他のみんなにも見えるのは、なぜだと思いますか？」

「そうだな」

あたりに視線をやったアシュレイが、「これは、完全に俺の私見だが」と前置きして告げる。

「『緑のジャック』が万人に見えるのは、そいつが他の植物からエネルギーをもらうことで宙に幻の姿を投影しているからだろう」

「幻の姿……？」

「そう。わかりにくければ、いわゆる、ある種の蜃気楼（しんきろう）だと思えばいい」

「ああ、蜃気楼ね」

それは、たしかにわかりやすい。

納得するユウリとシモンに向かい、「もちろん」とアシュレイが続ける。

「本物の蜃気楼とは違い、その仕組みに科学的根拠があるとは思えないが、他の木々の色に紛れ、カメレオンのように自分に色づけしているのかもしれない。だが、さすがに実体はないから、近づけば近づくほど、その姿は空間に溶けて見えにくくなってしまう」

「なるほど」

認めたシモンが、付け足した。

「たしかに、実体がないなら、ユウリの力をもってしても近づけなかったというのもわかります」

「そういうこった」

相変わらず短時間で鮮やかなまでの理論を展開したアシュレイに感心しつつ、シモンが「でも、それなら」と懸念を示した。

「そんなものと、僕たちはどうやって対峙したらいいんでしょう？」

「さてねえ」

そこまでは、まだアシュレイにも考えついていないのか、どうでもよさそうに応じた彼は、「ただ」と付け足した。

「少なくとも、どこに向かっているのかはわかっている」

「そうなんですか？」

意外そうに訊き返したシモンであったが、その時、ポケットの中のスマートフォンがメールの着信を知らせたので、取り出して画面をチェックする。

文面を確認しながら「へえ」と呟いたシモンが、スマートフォンをポケットに戻しながら、ユウリに告げた。

「話は途中だけど、ユウリ。箱の持ち主がわかったよ」

「本当に？」

「うん。底に描かれていた紋章をもとに検索させたら、一致するものがあった。ついでに面会の申し入れもしたそうなので、このあと、行ってみよう」

「わかった」

頷いたユウリが、「それで」と尋ねる。

「その持ち主というのは――」

だが、それに答えたのは、シモンではなく、そっぽを向いていたアシュレイだ。

「ブライアン・キャンベル」

シモンが眉をひそめてアシュレイを見た。さすがに推理したにしては、答えが明確で唐突すぎる。

当然、前もって知っていたはずだ。

「なぜ、その名前を？」

慎重に訊き返したシモンに対し、「それは」とアシュレイが答えた。

「そいつが、こっちの依頼者だからだ」

「依頼者？」

「ああ」

頷いたアシュレイが、「さらに言うと」と重大な事実を披露する。

「俺たちがこの問題を解決してやらないと、『ミスター・シン』は、近く、店を畳まざるをえなくなるだろう」

「え？」

いつの間にか「俺たち」と一括りにされているが、そんなことには頓着せず、ただ単純にびっくりしたユウリが、慌てて確認する。

「この件で、『ミスター・シン』が困っているんですか？」

「そうだ」

肯定したアシュレイが、「はっきり言って」と、どこかそそのかすように続ける。

「実に、微妙な立場にあるといっていい」

「そんな。――なぜ？」

ユウリの問いかけに、アシュレイが言う。

「理由は、話すと複雑なので道々教えてやるが、お前が今決められるのは、『ミスター・シン』のために、この問題を解決する気があるかどうかということだ」

「それは、もちろん、ありますよ」

一も二もなく断言したユウリを、シモンが諦念（ていねん）を交えた目で眺めた。ユウリの性格からして、その決断は実に納得がいくものであるが、せめて、もう少し慎重に状況を見極めてからにしてほしかったと思ったのだ。

逆に、ユウリの答えにほくそ笑んだアシュレイが、「それなら」と言って歩き出す。

「俺たちが次に目指すのは、今や、おのれの穴倉に籠もってしまったブライアン・キャンベルのところだ。──そこに、やがては『緑のジャック』も来るはずだからな」

# 第四章　樹霊の嘆き

## 1

ブライアン・キャンベルは、怯えていた。

本来なら、関係者としてフラワーショーの本部にいるはずだったが、それすらも億劫になり、こうして家に引き籠もっている。

思えば、生まれてこの方、ずっとあの影に怯えてきたのだろう。

だが、どんなに怯えようと、それまではあくまでも影に過ぎなかったものが、今、現実となって彼の身に迫っている。

それを、彼はひしひしと感じていた。

テーブルの上に投げ出してあるスマートフォンが、断続的に鳴り響く。

「緑のジャック」の目撃情報に新しい投稿がされるたび、それを知らせる設定にしてあるため、今や、着信音が鳴りやむことはなくなっている。

そして、その情報を見る限り、それは、確実に彼のもとへと近づいていた。

「緑のジャック」に気づいたのは、つい昨日だ。

今どきの若者と違い、他人のSNSなどさして見ることのない彼に、そのことを教えてくれたのは、事務局を手伝ってくれているアルバイトの女の子だった。

「キャンベルさんは、知っていますか?」

その子は、無邪気な顔でそう訊いた。

ちょうど、事務局本部に他に人はなく、退屈していた彼女は、別段、彼に興味があるわけでもなく話題を振ったのだ。

ただ、ブライアンのほうでは、若い女の子と話せるのは嬉しかったので、読んでいた本から顔をあげて尋ね返した。

「知っているって、何を?」

「『緑のジャック』のことです」

「『緑のジャック』?」

知らなかった彼が訊き返すと、彼女は自分のスマートフォンの画面を見せて説明してくれた。

初めはなんの気なく聞いていた彼であったが、次第におのれの顔が蒼褪めていくのがわかった。

なぜなら、彼には、その正体がなんであるか、わかってしまったからだ。

会場内をうろつきまわっているらしい、正体不明の「緑のジャック」。

それは間違いなく、あいつだ。

ブライアンのことを——、いや、ブライアンだけでなく、彼の先祖をおびやかし、また未来永劫(えいごう)、彼の子孫を苦しめるはずの存在。

なぜ、そんなことになったのか。

彼にはよくわからなかったが、それは、キャンベル家に生まれた者にとっては、決して逃れられない運命なのだ。

（運命……）

なんとも残酷な響きである。

その人がどう生きようが、どんな努力をしようが、それはまったく関係なく襲いかかってきて、人生を破壊してしまう。

完膚なきまでに——。

と、その時。

ブブブブッと。

スマートフォンが振動した。

「緑のジャック」の目撃情報とは別の着信音で、画面を覗いてみると、今日会う約束をしている相手が到着したことを知らせるメッセージだった。

「……やっと来たか」

だが、来たからといって、その男に何ができるだろう。

「ミスター・シン」の噂は、あちこちで聞き知っていて、この人なら大丈夫だろうと信じて問題のものを預けたというのに、その結果が今回の騒動であれば、代理の人間にできることなどあるとも思えない。

それでも、「ミスター・シン」は、自身の名に懸けて事態の収拾に努めると約束してくれたし、他に頼れる人間もいなければ、彼の言うことを、もう一度だけ信じてみるしかなかった。

なにせ、このまま何もせずにいたら、彼は恐ろしい運命に見舞われてしまう。

（そうだ、なんともおぞましい……）

そこで、訪ねてきた人間に会うために重い腰をあげた彼がスマートフォンを取り上げたところで、新たな着信音が鳴り響く。

チラッと目を通したブライアンが、「ああ、これはまた」と舌打ちしそうな表情で呟いた。

「ひどくタイミングの悪い」

彼が、そう言いたくなるのも無理はない。

今日は、このあと、二組の来客があることになっていたが、そのうちの一人が遅刻をしてきて、もう一組が前倒しの到着となったのだ。

おかげで、両者がほぼ同時に来てしまった。

ただ、これは、彼の非ではなく、時間を守らない相手が悪い。

いや、直前で会う場所を変えたのであれば、少しは彼のせいであるかもしれない。

しかたなく、前倒しの客を先にすませてしまおうと考えながら玄関扉を開けると、そこには、二組の客がまとまって立っていた。

それを見て、戸惑いを隠せなかったブライアンに対し、青灰色の瞳をした青年が告げる。

「『ミスター・シン』から話はいっているな？」

遅刻を詫びるわけでもなく、やけに高飛車なもの言いである。

だが、それが妙に板についていて、やたらと迫力があった。

そのせいで、おそらくこの青年と対面するすべての人間が、こいつはいったい何者なのかという疑問を抱くとともに、悪魔にでも出くわしたような畏怖を覚えるのだろう。

「ああ、聞いている。つまり、君が助っ人のアシュレイ君か……」

「ミスター・シン」からは、この手のことに対する問題解決能力が尋常でなく高い男を遣わすので、その人物の質問には事細かく答えてほしいと前もって言われていた。

その言葉に嘘はなかったようで、目の前の青年を見る限り、きっと、ブライアンにとって有益なことをしてくれそうだ。——いや、ブライアンだけでなく、このタイプの男は、自分にも利益がないと動かない。

(もっとも、見かけ倒しでなければの話だが……)

そんなことを思いながら、ブライアンが残りの二人に視線をやる。

「えっと、それで、君たちが——」

言いかけた言葉を止め、ブライアンは、ふと気づいたように改めてマジマジとシモンの高雅な姿に見入った。

人にありうべからざる美貌に驚いたのだ。

(完璧じゃないか)

ブライアンは、感心して思う。

(一つたりとも足したり引いたりする必要のない顔が、この世にあるとは——)

呆然としているブライアンに対し、シモンが握手の手を差し伸べながら言う。

「初めまして。僕は、小さな木箱を拾った件で、つい先ほど、そちらにいろいろと照会させていただいたベルジュ家の人間です。急な申し出にもかかわらず、時間を割いてくださり感謝しています」

青年のわりにそつのない挨拶に対し、年嵩のブライアンのほうが恐縮してしまう。

「ああ、いや。むしろ、あの箱の情報が得られて、こちらとしてはありがたいですよ。まさか、ふたたび手にできるとは、思ってもみませんでしたし」

それは本当だ。

消えた木箱が、こんなに早く出てくるとは、正直思わなかった。

それが、彼にとって凶なのか吉なのか。

「そう言っていただけると、助かります」

微笑んだシモンが、「ああ」と言って、ユウリのことも曖昧に紹介する。問題の本質を思うと、あまり明確な個人情報を与えたくないというのが本音だ。

「こちらは、僕の友人で、実は、実際に木箱を拾ったのは、彼の日本にいる知り合いの知り合いの、そのまた知り合いだったので、ひとまず一緒に来てもらいました」

「そうですか。――どうぞ、よろしく」

「よろしくお願いします」

ユウリが答えたところで、ブライアンが、彼らの姿を見た時から疑問に思っていたことを尋ねた。

「それはそうと、君たちは知り合いなのかね？」

訊きながら交差したブライアンの左右の人さし指は、ミスター・シンの使いであるはずのアシュレイと、消えたはずの木箱のことを照会してきた人物として認識しているシモンとユウリのことを、それぞれ示している。

つまり、彼の中で別個であったものが、蓋を開けてみたら同じものであったということだ。

「はい、偶然にも、そうなんです」

答えたシモンが、「僕たちも、驚いているのですが」と付け足した。

「今しがた、フラワーショーの会場内でばったり会って、話しているうちに目的地が同じであることがわかりました」

「ほう」

それについては、単純に信じてしまっていいのかどうかは怪しい限りであるが、それでも、ブライアンとしては、この問題さえ片づいてくれるなら、多少のことには目をつぶる覚悟があったので、それ以上突っ込むのはやめた。

そんな暇があったら、とっとと終わらせたい。

それに、彼らが知り合い同士であるなら、同じ話を繰り返す必要がなくなるわけで、彼としても大助かりだ。

そこで、客間に三人を案内し、腰を落ち着けて話すことにする。

手伝いの人間にコーヒーを出してもらい、一息ついたところで、まず、シモンがくだんの木箱をブライアンに見せた。

「早速ですが、これが電話でご照会させていただいた例の箱なのですが、こちらのもので間違いはありませんか？」

テーブルの上にそっと置かれた小さな木箱を忌まわしそうに見て、ブライアンが仏頂面で頷く。

「間違いない。この箱だ」

「そうですか」

「これを、ミスター・シンの店に預け、安心しきっていたのだが、ちょっと前に、この箱が拾われて開けられてしまうという夢を見て、不安になったので照会したら、倉庫から消えてしまったという報告を受けたんだ」

事の発端を改めて話したブライアンが、「だが、いったい」と事情を問い質す。

「ミスター・シンの店の倉庫にしまわれていたはずの木箱が、どこから出てきたというんだね？　あるいは、どうやって？」

「それが……」

そこで、ユウリとシモンが顔を見合わせ、「僕から話します」と言って、ユウリが説明を引き受ける。

「ええと、日本にいる僕の知り合いの話では、その人のさらに知り合いが、日付はもっとの気なく開けてしまったそうなんです」

前で、去年の秋口らしいのですが、貴方が言ったのと同じように、夢で箱を拾って、なん

「夢で……」

自分でもその話をしておきながら、ひどく意外そうにブライアンが呟く。

ユウリが、「本当に」と続けた。

「摩訶不思議な話なんですが、その開けちゃった人は、別に霊能者とか超能力者とか、そういう特別な力があるわけではなく、ただただ、夢で見たことが現実になってしまっただけで、当人も驚いていたくらいだそうです」

「……そうか」

そんな非現実的なことがあるのかとも思うが、そもそも、キャンベル家にかかっている呪い自体が、一般的な感覚からするとありえない、まさにおとぎ話のようなものであれば、一概に否定することもできない。

むしろ、自分の体験と状況がほぼ一致していることを考えると、本当に、夢を通じて木箱が移動したと考えるのが妥当なのだろう。

ブライアンが言う。

「だが、そうなると、私が夢で見たとおり、この中に封印されていたものは解放されてしまったってことか?」

「そうですね。残念ですが……」

　頷いたユウリが、教える。

「拾った人が箱を開けたのも事実だそうですし、その際、中から何かが飛び出していったのも、間違いないそうです」

　ユウリの言葉に加えるように、シモンが「それに」と付け足した。

「僕たちも、この箱を開けてみましたが、やはり中は空っぽでした」

　ブライアンが、意外そうにシモンを見る。

　恐怖とは別の意味で、驚いたらしい。

「君が、この箱を開けたのか？」

「はい」

「よく開けられたな？」

「ええ。たまたまでしょうが、開けられました。中は入れ子構造になっていて、取り出した内箱の中に、小さなものならしまえる空間があります」

「へえ」

　もちろん、ブライアンは、これまで一度も木箱を開けたことはない。

　なんといっても、開けてはいけない禁忌（きんき）の箱だ。

　開けたら恐ろしい運命に見舞われるものであれば、どんなに開けてみたくても、開けるわけにはいかなかったのだ。

だが、こうして空っぽの状態である今なら中を見られるわけで、興味を示したブライアンが、シモンに尋ねた。

「今、この場でも開けられるのか？」

「もちろんですよ。構造は覚えていますから」

応じたシモンが、器用そうな指先で木箱をいじり、あっという間に分解してみせた。

テーブルの上に並べられた箱を見て、ブライアンが感心したように言う。

「なるほど、こんなふうになっていたのか」

禁忌の箱に対する恐怖心を拭い切れないまま、それでも、恐る恐る内箱を取り上げたブライアンが、目の高さでとっくりと眺めながら呟いた。

「アレは、こんな狭いところに閉じこめられていたんだな……」

感慨深げに発せられた言葉を聞き逃さなかったシモンが、ユウリと顔を見合わせたあとで「アレというのは」と訊き返した。

「なんのことですか。――というより」

そこで、質問を改め、根本的な問題に切り込む。

「そもそも、この木箱には、何が封じられていたんですか？」

それに対し、手にした内箱をテーブルの上に戻したブライアンが、肩を落として残念そうに答えた。

「それが、よくわからないんだ」

「わからない？」

シモンが、意外そうに繰り返す。

何かが封じられた箱を持っているのに、そこに何が封じられているかがわからないとは、どういうことなのか。

だが、どうやらいろいろと事情があるらしく、ブライアンが、「ただ」とユウリたちが先ほど行き着いたのと同じ結論を口にした。

「その木箱に封じ込められていたものは、現実に『緑のジャック』として、徐々に私に近づいてきている」

それから、窓の外に視線をやり、ひどく怯えた様子で「それだけは」と念を押した。

「私にもわかる。――感じるんだ」

## 2

ブライアンは、ユウリたちが得ていたのと同じ結論に達していた。

木箱に封印されていたものが、現在、「緑のジャック」として、フラワーショーの会場内をうろついている。

だが、そうなるに至った根本的な理由や、その正体の情報がないとなると、ユウリたちにしても、これ以上どうしていいのかわからなくなる。

ブライアンが、先祖についてのことがわからなくなってしまった理由を説明する。

「実は、二十世紀初頭に、館(やかた)で大きな火事があったらしく、その時に、回顧録などがかなり燃えて失われてしまったそうなんだよ。——そのうえ、運の悪いことに、当時の主(あるじ)が戦争で早くに亡くなったため、以後、キャンベル家にかけられた呪いについて、詳しい事情を知る者がいなくなってしまった」

「なるほど」

シモンは、納得した。

それは、ある程度の歴史を持つ一族にはありがちなことである。

特に、多くの犠牲者を出した二つの世界大戦では、その後、同じような運命を辿(たど)った家も多く、ベルジュ家にも失われてしまったと思われる過去の記録はかなりある。

　ブライアンが、「だから」と言う。

「私たちは、みな、とにかく、この木箱には恐ろしいものが封印されていて、万が一にも開けてしまった場合、当主は、その何かに魂を奪われるとだけ伝えられてきた」

「……魂を奪われる？」

「そうだ。しかも」

　そこで、恐ろしげに身体を震わせ、ブライアンが続ける。

「その魂は、天国に行くことができず、永遠に地獄を彷徨うとね」

「怖いですね」

　ユウリの呟きに、顔を向けたブライアンが大真面目に頷く。

「うん、怖いよ。私は、封印されているのは悪魔の類いではないかと思って、その影にずっと怯えてきたし、万が一のことを考えて、日曜のミサには足繁く通った。もちろん、寄付だって惜しまなかった」

「……悪魔」

　それはたしかに恐ろしいと、ユウリは思う。

　これまで、幾度となく身近に接する機会があっただけに、その恐怖は手に取るようにわかった。

そこに安らぎはなく、魂は永遠に疲弊し続けることになる。

そうなる前になんとかしてあげたいが、どうしたら、なんとかしてあげられるのか。その方法がわからず、困っている。

と——。

それまで、話を聞いているのかいないのか、よくわからない態度で自分のスマートフォンをいじっていたアシュレイが、「その火事は」と、突然言い出した。

「当時の館の主が、知り合いの霊媒師とともに、呪いの元凶を退治しようとして起こしたものらしい。しかも、その企み(たくら)はまんまと成功し、館は燃えたが、一緒に呪いの元凶も燃え尽き、灰になった。その際、残された灰を封じ込めたのが、『キャンベル家に伝わる呪いの箱』の由来、つまり、この木箱だったということだ」

「——え?」

驚いてアシュレイを振り返ったユウリに続き、ブライアンもびっくりしてアシュレイを見る。

「なんだって?」

訊き返したくなるのも、無理はない。

当のキャンベル家の人間が知らないことを、なぜ、赤の他人であるアシュレイが知っているのか。

この手のことに慣れているユウリやシモンでさえ、とっさに驚きを隠せなかったのだから、まして、アシュレイと初めて接するブライアンにしてみれば、「こいつは、いったい何を言い出したのか」と疑いたくなるのもわかるというものである。

その感情のまま、ブライアンが主張する。

「なんで、君にそんなことがわかる。——いいか、この件があってから、わが家では家族総出で、キャンベル家の歴史について調べてみたんだ。だが、結局、詳しいことはわからずに終わった」

「それは、お前たちが無能だからだろう」という彼らしい皮肉がアシュレイの口から漏れ出なかったことに、ユウリとシモンはホッとする。

他のコメントもなされないうちに、ブライアンが「それなのに」と言う。

「昨日今日、わが家の問題について知ったばかりの君に、どうして、そんなことがわかるというんだ」

それに対し、「まあ、それは、相手がアシュレイだから」と納得し始めているシモンとユウリの前で、アシュレイが、いつものごとく、いたく高飛車に言い放つ。

「わかるから、ミスター・シンは、俺を起死回生の逆転劇に起用したんだろう？」

一言で相手を黙らせ、スマートフォンを振りながら楽しそうに続けた。

「なんにせよ、昨今は本当に便利になったもので、資料の閲覧も、これ一つでかなりのものを精査することができる。——もちろん、足を運んで自分の目で見るに越したことはないが、いかんせん、急ぎの場合はしかたない」

「つまり、今まで、スマートフォンで何かの資料をお読みになっていたんですか？」

シモンの問いかけに、アシュレイは「ああ」と短く答えて、ほくそ笑む。

「なかなか、有意義な時間だったよ。今言った話も、ある村の紳士録に余談として残されていたものだ」

輪の中にあって、一人輪の外の空気を吸っている。

それが、アシュレイだ。

だからといって、決して輪の中のことを疎かにしているわけではない。

「それはそうでしょうね」

呆れたように応じたシモンの横から、ユウリが尋ねる。

「ちなみに、なんの資料を読んでいたんですか？」

「いろいろだ」

「いろいろ？」

どういう意味かわからずに訊き返したユウリを人さし指で黙らせ、アシュレイが得々とそれまでの経緯を説明してくれる。

「俺は、ここに来る前、ある図書館に多額の寄付をした。その際、対応に出た館長に、大至急調べたいことがあるのだが、それに相当する資料をデジタルファイルで送ってもらうことは可能かと問いかけてみた。――そういう素晴らしい図書館であれば、こちらも寄付のしがいがある、とも言ってやったさ」

　慈善事業に力を注いでいるシモンが、すかさず突っ込む。

「寄付というのは、あくまでも善意であって、取引材料ではないはずですが？」

「知っている」

　白々と認めたアシュレイが、「別に、俺は」と屁理屈（へりくつ）を述べた。

「送ってくれとは、一言も頼んでいない。可能かどうか、訊いただけだ。そうしたら、向こうが勝手に善意でもって、俺の善意に応（こた）えてくれたって寸法だ」

　つまりは、完全な裏取引である。

日本語で言うところの、「忖度（そんたく）」だ。

　多額の寄付をしてくれた相手であれば、向こうは、学芸員を総動員してでも、アシュレイの要望に応えようとしてくれただろう。

　結果、アシュレイは重要な情報を手に入れた。

　そのことを、アシュレイが、ブライアンに向かって問いかける。

「一つ確認するが、あんたの先祖は、この近くのドリュモア出身のジョン・キャンベルで間違いないな？」

「――ああ、そうだが、それが?」

「それなら、知りたい答えは出たことになる」

「……答え?」

「ああ」

半信半疑のブライアンに代わり、ユウリが「もしかして、アシュレイ」と尋ねた。

「キャンベル家に呪いをかけた相手の正体がわかったんですか?」

「当然」

応じたアシュレイが、青灰色の瞳を光らせて言い返す。

「お前は、いったい、誰に向かってものを言っているんだ?」

「すみません。愚問でした」

謝るユウリの横から、シモンが「で?」と淡々と問う。

「なんだったんです?」

それに対し、アシュレイが一拍置いてその単語を告げた。

「――ほぼグリーンマンだ」

「ほぼグリーンマン?」

意外そうに繰り返したシモンが、「それって」と確認する。

「樹木の精霊として広く知られている、あのグリーンマンですか?」

「それ以外のグリーンマンを、俺は知らないが」

「ま、そうでしょうけど」

頷きつつもまだ半信半疑でいるシモンに対し、アシュレイが「言っておくが」と付け足した。

「これは、俺にとって、それほど驚くような結論ではないし、むしろ十分に推測のできる範疇（はんちゅう）でのことだ」

「そうなんですか？」

ユウリの相槌（あいづち）に、アシュレイは「ああ」と頷く。

「だって、よく考えてみろ。その木箱から解放されたモノは、イギリスに渡って、『緑のジャック』となったんだ」

「ああ、そうか」

たしかに、「緑のジャック」は、分類としてグリーンマンと同じ系列に属する樹木の精霊であれば、アシュレイの推測は間違っていない。

すぐに納得したユウリに対し、まだどこか半信半疑の様子であるシモンが、「でも」と問い返した。

「僕の記憶に間違いがなければ、『グリーンマン』は教会のレリーフにもあるとおり、樹木の精霊で、森にあって森を守る存在です。言い換えると、決して悪魔のように、人に害をなす存在ではなかったはずですが……」

「そうだが、何ごとにも例外はある。――だから、『ほぼ』なんだが、その前に、お前たちは続きを聞く気があるのか、ないのか」

すぐに、いちばん素直なユウリが答える。

「あります」

「なら、少しは黙って聞け」

相変わらず傲岸不遜（ごうがんふそん）に言い放ち、アシュレイが話し出す。

「これは、図書館に保管されていた、今はなきセント・パトリック教会の『史伝』に残されていた話だが、読む限り、けっこう気の毒な話ではある。――いわば、まさに『災難に遭った』というやつだ」

「災難？」

「ああ。その『史伝』にある話を信じるならば、ドリュモア地方の地主の一人であったジョン・キャンベルは、ある時、森で性質（たち）の悪いグリーンマンに出くわし、その場で彼の命を懸けてゲームをすることになった。当然、勝たなければ命はなく、必死でゲームをした結果、彼は奇跡的に勝ったのだが、その際、つい欲を出してしまったために、結局、グリーンマンの怒りを買い、呪われてしまったということだ」

「……グリーンマンとゲーム」

思わず、ユウリが呟いた。

この手のことに慣れ親しんでいるユウリでさえ、まるでおとぎ話のような出来事だと思ったのだが、現実に「緑のジャック」として動き回っているものがあるのだから、嘘のようでも本当の話なのだろう。

そんなユウリをチラッと見おろしてから、シモンがアシュレイに水色の瞳を向ける。

「たしかに、とんだ災難ですね。負ければ命はなかったけれど、勝ったら勝ったで、永遠につきまとわれることになるとは」

「そう。だから、最初に言っただろう。――『けっこう気の毒な話ではある』と」

「そうですね」

認めたシモンが、「だけど、それなら」と問う。

「せっかく勝つことができたジョンは、いったいどんな欲を出したことで、グリーンマンの怒りを買ってしまったのでしょう？」

「それについては、別の伝承がヒントになった」

そう前置きしたアシュレイが、「こっちは」と続ける。

「もっと単純な、この地方の伝奇や伝説を集めた郷土資料の中にある話で、個人を特定したものではないんだが、その昔、森に迷い込んだ男が、彼の命を懸けて樹霊と勝負をすることになり、負けたら、彼はその樹霊の中に取り込まれ、永遠に樹霊の一部として生きていかなければならなくなる——というようなものだ」

「まさに、ジョン・キャンベルと同じ運命ですね」

「そう。——おそらく、このあとの展開からみても、ジョンの身の上に起きたことが人づてに広がり、民間伝承として採集されたと考えていい」

断定したアシュレイが、「それで」と続ける。

「困った男は必死で勝負し、見事相手を打ち負かした。——と、ここまではよかったんだが、ここからが転落の始まりだ」

「彼は、何をしたんです？」

さすがに興味を惹かれたシモンが尋ね、アシュレイもあっさり答えた。

「彼は勝負に勝った褒美として自分の命だけを持ち帰ればよかったんだが、やはり欲を出し、樹霊が大切にしていた女神の木製浮き彫りまで記念に持ち帰ってしまった」

「ああ。遺恨を抱えたんですね」

「そのとおり」

シモンの指摘に答えたアシュレイが、「話の中では」と続ける。

「その樹霊も元は人間で、賭け事好きで有名な中世の領主であったようだが、ある日、領地内の森に現れたグリーンマンと賭け事をし、勝った証として、傲慢にも、精霊ドライアッドの宿る木を切ることを要求した。——ドライアッドの宿る木は、他に比べて立派であることが多いからだろうが、当然、精霊は、そのことで魂の転生を絶たれてしまうため、グリーンマンは、それだけはやめてくれと懇願した。だが、傲慢な領主は聞き入れず、部下をやって強引に切り倒し、その木材でおのれの寝台を作ってしまった。どうやら、慈悲の心を持たないわがままで自分勝手な男だったらしい」

「それは、なんとも罪深い……」

どう考えてもやめたほうがいいようなことを、なぜ、人はやってしまうのか。

シモンもユウリも、それがどういう結果を引き起こすか、容易に想像がつくと思いながら、話に聞き入った。

「で、最初のうちこそ」とアシュレイが続ける。

「何も起こらなかったが、次第に変化は訪れた」

「どんな？」

つい夢中になって訊き返したユウリに対し、アシュレイがしたり顔で答える。

「ある夜、領主は、その寝台の天蓋（てんがい）に、いつの間にか女の姿が浮かび上がっているのに気づく。精霊ドライアッドの具現化した姿だ。しかも、浮き彫り（レリーフ）の輪郭がはっきりしてくるにつれ、彼はその姿に恋い焦がれるようになってしまう」

シモンが、肩をすくめて「それはまた」と感想を口にする。

「残酷なのか、ロマンチックなのか」

「両方だろう」

あっさり応じたアシュレイが、「結局」と告げる。

「やつれ果てた領主は、完成した像を木製浮き彫り(レリーフ)として切り出して森に入り、自分が魂を閉じこめてしまった精霊ドライアッドの姿を求めてさすらううちに、みずからも樹霊――つまるところ、『グリーンマン』へと変化してしまったのだそうだ」

「なるほど。――だから、『ほぼグリーンマン』なんですね？」

「そう」

応じたアシュレイが、「以来」と話を締めくくる。

「その森では、時々、どこからともなく『グリーンマン』が現れて人々にゲームをふっかけ、負けると木の中に取り込んでしまうようになったという」

シモンがすぐに、「だとすると」と告げる。

「運悪く『グリーンマン』に出くわし、ゲームに勝ったことで呪われてしまったキャンベル家の先祖は、実際のところ、その樹霊と化した領主の魂につけ狙(ねら)われていることになりますね」

「ああ」

認めたアシュレイが、「だから」と推測する。

「キャンベル家の人間がこの呪いの連鎖を回避する唯一の方法は、『グリーンマン』と化した領主に、先祖が奪った、精霊ドライアッドの姿が浮かび上がった木製浮き彫り(レリーフ)を返すことだろう」

結論を得たアシュレイ、シモン、ユウリの三人が、それぞれの表情でブライアンを振り返り、問うような視線を向ける。

先祖が奪ったものであれば、その木製浮き彫り(レリーフ)は、この家にあるはずだ。

三人の注目を浴びているブライアンは、アシュレイの話の間じゅう、黙って耳を傾けていたが、その表情は時々で変化し、今は魂が抜けたような顔をしている。

ややあって、気の抜けたような声で呟いた。

「そんな話、私はまったく知らなかった……」

彼が、家族ぐるみで調べあげようとした一族の歴史であるが、おそらくアプローチの仕方が違ったのだろう。徒労(とろう)に終わってしまったことが、今、赤の他人であるアシュレイの手でひもとかれた。

そのことに対する虚脱感もあるのだろうが、おおむね、気が抜けたのは、話の内容による。

「まさか、そんな複雑な背景があったなんて……」

まだ、衝撃のほうが大きく、前向きな考えに至っていないらしい相手に焦(じ)れ、アシュレイが「悪いが、感慨に浸るのは」と冷たく告げた。

「あとにしてくれないか。俺たちが帰ってからでも、十分できるだろう」

「アシュレイ——」

すかさずユウリが非難の声をあげるが、もとより聞く耳を持つような素直な性格はしていない。

そのまま、「それより」と話を続けた。

「みんな思っていることだが、今の話からして、あんたの家には、精霊ドライアッドの姿が浮き出た木製浮き彫り(レリーフ)があるはずだが、心当たりはないか？」

すると、ふと遠くを見るように窓の外に目をやったブライアンが、相変わらず気の抜けたような、それでいて恐ろしげな声で答えた。

「あるには、ある。——いや、あったと言うべきか」

「あった？」

繰り返したアシュレイに、ブライアンが視線を戻して応じる。

「そう、かつてはあったが、今はない」

「どういうことだ？」

もしや、売り払いでもしたのか。

あるいは、ガラクタとして燃やしたか。

だが、そのどれも違い、ブライアンが、ふいに昔話を始める。

「これも、正直、奇妙な話なんだが、私がまだ幼かった頃、家の庭でよく一緒に遊んだ男の子がいた」

「それがなんだ？」

「その『ソーン』という名前の子が、木製浮き彫り（レリーフ）に描かれた女性――君が言うところの、精霊ドライアッド――の姿を見て気に入り、彼がみずから採取したという蜂蜜（はちみつ）と交換する形で持ち去ってしまったんだよ」

「――ああ、そんな」

ユウリが、その結果に落胆する。

せっかく道が見えたと思ったら、その道が無残にも閉ざされたからだ。

ブライアンが、「しかも」と続ける。

「私は、ソーンのことをずっと庭師の子供だと思っていたんだが、あとで、人にその話をしても、館の中の誰一人として、ソーンのことを知らなかった。――もちろん、庭師の息子などではなかったんだ」

「……へえ」

それは、たしかに奇妙な話である。

ただ、問題は、今の場合「へえ」ではすまされないということだ。

アシュレイが、その点を指摘する。

「だが、木製浮き彫り（レリーフ）がないと、キャンベル家にかけられた呪いを回避できる可能性は、限りなくゼロに近くなる」

それは、ブライアンにとって、魂の死を宣告されたようなもので、アシュレイの言に対し、「つまり、私は」と応じた。

「この先、永遠に呪われるのか。——先祖がちょっと欲を出したために？」

絶望とともに告げ、そのまま言葉を失った。

3

キャンベル邸を辞したユウリたちは、門に向かいながら、若干途方に暮れていた。

アシュレイのおかげで、木箱から抜け出し、「緑のジャック」としてフラワーショーを動き回っていたものの正体はわかったし、キャンベル家が封印してきたものの本質も理解することができた。

ただ、かんじんの、事態を収拾する方法が見出せない。

そして、もし、このまま、ブライアンが「緑のジャック」の手に落ちてしまったら、ミスター・シンの店の評判は地に落ち、維持することは難しくなるだろう。

初めにこの件をユウリに依頼してきた隆聖は、条件として、封印を解かれたものが日本に戻らなければ、放っておいても構わないと言った。

つまり、対象の回収は、絶対ではない。

だが、回収できずにミスター・シンの店が閉店に追い込まれるとなると、ユウリとしては、「知らぬ、存ぜぬ」ではすまされないし、それ以前の問題として、目の前に救いを求めている人がいて、知らん顔できるユウリではなかった。

となると、そのために、何ができるか。

それを、これから考える必要がある。

キャンベル邸は、フラワーショーの開かれているチェルシーの一角にあり、会場までは歩いていける距離だ。

そこで、ひとまず会場に向かおうと歩き出しながら、シモンが言った。

「彼、死にそうな顔をしていましたね」

シモンが言っているのは、三人を玄関先まで送り出してくれたブライアンのことで、あまりの絶望に、まさに「死人」と言っても差し支えないほど、顔色が土気色に変化していた。

「まあ、いわば、死刑宣告を受けたようなものだからな」

皮肉げに応じたアシュレイが、「だからといって」と付け足した。

「往生際がよすぎるのも、どうかと思うが」

「『往生際』って、別に、まだ死ぬと決まったわけではないですよ」

軽く眉をひそめたシモンが指摘すると、「実際、そのとおりなわけで」と人さし指をあげたアシュレイが、「問題は」と考え込む。

「いかにして、その木製浮き彫りとやらを見つけ出すかなんだが――」

つまり、アシュレイ自身は、あっさり絶望してしまったブライアンと違い、まだまったく諦めていないらしい。――いや、それどころか、むしろ、戦いはこれからと思っているようだ。

その意気込みを、あの場でブライアンに告げてやれば、彼の絶望も少しは和らいだであろうに、そういう気はいっさいないアシュレイである。

溜め息をついたシモンが、念のため、確認する。

「いちおう訊きますが、アシュレイは、まだ続けるおつもりですか?」

「愚問だな」

明言し、「だが、もちろん」と続ける。

「お前は離脱してくれて、いっこうに構わない。必要なのはユウリであって、お前は、無能なお邪魔虫だからな」

アシュレイが構わなくても、シモンのほうが構う。ただ、今回に限っては、あまり強く反論のできないシモンが肩をすくめ、ユウリを見た。

シモンとしては、正直、ここで離脱という選択肢だってなきにしもあらずだが、ユウリがこのまま手を引くとはとうてい思えず、そうなれば、おのずとシモンも手を引くわけにはいかなかった。

だが、今の状況で、打開策はどこから出てくるというのか。

どうやら、さすがのアシュレイにもまだわかっていないようである。

それでも、一度始めたら簡単には投げ出さない根性だけは尊敬に値するし、この粘り強さこそが、アシュレイの本質であるともいえた。

アシュレイが、わずかな希望も逃さずに言う。

「俺たちに残されているたった一つの手がかりは、『ソーン』という名の少年だ」

それは、ブライアンの昔語りに出てきた名前で、現在のところ、事態収拾の要となる木製浮き彫りを保持しているのは、その少年であると思われる。

「そいつの正体がわかり、なんとか接触できるといいんだが……」

そこで、シモンも、ひとまず情報を漁ってみようと、スマートフォンを取り出し、あれこれ検索し始める。

「『ソーン』ねえ」

シモンの呟きを聞いたユウリが、ふと道端の生け垣に目を落とす。

そのサンザシの生け垣は、ニコラのショー・ガーデンと同じく、キャンベル邸を外部から隔てるためのもので、びっしりと絡み合った枝には、敵の侵入を頑なに拒む鋭い棘が生えている。

「『棘』……」

英語での意味を意識しながら発音したユウリが、ふと顔をあげ、アシュレイに向かって尋ねた。

「あの、アシュレイ」

「なんだ？」

「変なことを訊くようですけど、名前の出ていた『ソーン』という少年、実は、正体が妖(よう)精(せい)ってことはないですかね？」

その言に対し、てっきり「また、お前は突拍子もないことを――」と怒られるかと思っていたが、意外にも、アシュレイはあっさり認めた。

「ありうるだろうな。――というか、さっきのブライアンの話からすると、その可能性のほうが高い」

「やっぱり？」

「ああ。――そして、それゆえに、俺は次の一手に迷っている」

「そうなんですか？」

ユウリが訊き返すそばで、シモンもスマートフォンからチラリと視線をあげ、「迷っている」という世にも珍しい状態のアシュレイを見やった。

アシュレイでも、悩むことがあるのだ。

「そりゃそうだろう。相手がこの世に実在しているのであれば、当時のことを調べればすむ話で、俺にとって、そこになんら障害はないが、相手が妖精となると、できることは相当限られてくる」

それでも、できることがあるだけすごいと思ったユウリが、いちおう尋ねた。

「たとえば？」

「まず、お前を、そのへんの穴にでも放り込んでみることだな」

冗談なのか。

本気なのか。

底光りする青灰色の瞳を見る限り、かなり本気で言っているように思える。

「……ありえない」

呆れたように呟いてスマートフォンに視線を戻したシモンとは対照的に、「なるほど」とつい納得してしまったユウリは、心の中で、その提案を吟味してみる。

実際、相手が妖精なら、ユウリのほうからあちら側に赴いて、手当たり次第直談判してみるのも、一つの手だ。

ただ、それが功を奏す保証はまったくないし、たとえユウリといえども、意味もなく異界に踏み込めば、戻れなくなる可能性は高い。相手の領分を無遠慮に侵すことは、もっとも忌避すべき行為であり、謙虚なユウリにとっては、肌に馴染まないやり方だ。

となると、ここは、もう少し慎重になるべきであった。

（……なら、どうするか）

いっそのこと、向こうから招待してくれたらいいのだが、それも都合がよすぎる話である。

考えているユウリのそばで、その時、ガサッと音がした。

何げなく視線をやったユウリが、そこで大きく目を見開き、驚いたように呟く。

「――あれ、君？」

ほぼ同時に、シモンが「ああ」と声をあげ、見ていたスマートフォンを振って告げた。

「どうやら、新しく『緑のジャック』の目撃情報が出たようです」

「へえ」

応じたアシュレイが、訊き返す。

「どのあたりだ？」

「えっと、そうですね、これだと……」

スマートフォンの画面をどんどんスライドさせながら、シモンが投稿された写真を急いで分析し、最終的に「……ああ、これは」と懸念を示した。

「ちょっとまずいかもしれません」

「近づいているのか？」

「ええ。――時系列的に考えて、アップされている最新の写真は、王立病院の外で撮られたものですから」

「そうか」

自分のスマートフォンで別の情報を見ていたらしいアシュレイが顔をあげ、「となると」と言いながらシモンとユウリのほうに視線を移す。

「急がないと、本気で――」

だが、そこで異変に気づき、「おい、ベルジュ」と呼びかけた。

「あいつは、どうした？」

「あいつ？」

訊き返したシモンは、即座にこの状況での「あいつ」がユウリであることに気づき、慌てて背後を振り返る。

そこに、ユウリの姿はない。

つい今しがたまで、たしかにそこにいる気配がしていたし、何か呟いている声も聞こえていた。

それなのに、振り返ったらもういない。

焦ったシモンが、あたりを見まわしながら声を張り上げようとした。

「ユ――」

だが、それより早く、アシュレイが「し」と人さし指を立てて黙らせる。

「名前を呼ぶな」

「――は？」

唐突な指令に眉をひそめつつ、シモンはひとまず従う。

だが、その理由がわからない。

人を捜すのに名前を呼べなければ、どうやってその人物を捜せるというのか。

そこで、理由を問う。

「名前を呼ぶなって、なんですか、いったい」

明らかに苛立(いらだ)たしげなシモンに、アシュレイが「いいから」と鋭く告げる。

この状況で意味のわからないことを呑(の)み込(こ)むのは、並大抵のことではなかったが、往々にして、アシュレイが発するこの手の指図が無意味であることはないため、シモンは、理性を総動員して自分を鎮め、黙ってあたりを見まわした。

やはり、どこにも、ユウリの姿はない。

消えてしまったユウリ。

落とし穴に落ちたわけでも、生け垣の陰に隠れているわけでもない。

ただ、一瞬のうちに、消えてしまったのだ。

「いったいどうして――?」

呆然と、シモンは呟く。

午後の穏やかな陽射(ひざ)しに包まれたあたりは、ミツバチの羽音が聞こえるくらいしんと静まり返っていて、むしろ、その平穏さが不気味に思えるほどである。

そんな中、なぜ、ユウリは急に消えてしまったのか。

いったい、彼の身に何が起きたのか。

考えるシモンの胸を、何かがギュッと摑んだ。

まさか、また、このままいなくなってしまうのではあるまいか。

この二年ほど、シモンを苦しめ続けてきた喪失感の記憶。

それが、最近、ようやく収まりつつあったというのに、そうなったらそうなったで、ふたたびこれだ。

（本当に、心臓に悪すぎる——）

珍しく動揺しているシモンに対し、アシュレイが、ここぞとばかりに「——たく」と皮肉をぶつけた。

「どうでもいい時には、それこそ接着剤のごとくどこへでも遠慮なくべったりくっついてくるくせに、こういうかんじんなところで、あいつから目を離すんだからな。——本当に、お貴族サマは、気位が高いだけの役立たずだよ」

その無遠慮な言いがかりに対し、眉をひそめたシモンが、「そうは言いますが」と言い返した。

「本当に、今までここにいたんです」

「どこだ？」

「ここですよ」

主張するシモンに、「そうだとしても」とアシュレイは冷たく言った。

「こうして、現実にいなくなったんだから、やはり、お前の監督不行き届きだろう」

あくまでもシモンを責めつつ、「ユウリがいた」とシモンが主張している場所まで移動したアシュレイが、あたりをまんべんなく探る。特に争った形跡もなく、本当にひょっこり消えてしまった感は強かったが、一つだけ、アシュレイは気になるものを見つけ、指でつまみあげた。

それは、生け垣に引っかかっていたサンザシの小枝で、それをクルクル回しながら何ごとか考え込む。

「そうか。……なるほどね」

形状からして、その小枝は、ねじれながら横に這う生け垣のものとは違い、スッと上にまっすぐに伸びたサンザシのものであるように思われた。

そして、つい最近、別の場所で似たような小枝を拾った記憶のあるアシュレイが、ややあって、「そういうことか」と結論づける。

聞き逃さなかったシモンが、すかさず尋ねた。

「『そういうことか』って、なんですか、アシュレイ？」

さらに、畳みかけるように問う。

「何か、閃いたことでもあるんですか？」

それに対し、拾った小枝を振りながら、アシュレイが答えた。

「今、俺に言えるのは、なんとも間が悪いってことくらいだ」

「間が悪い？」

「ああ」

頷いたアシュレイが、「おそらく」と推測する。

「あいつは、別件で呼び出されたんだ」

「……別件？」

言われて、シモンは、アシュレイが回しているサンザシの小枝に視線を留めた。

いくら動揺しているとはいえ、ふだんは頭の回転がずば抜けて早いシモンであれば、すぐに合点して、「ああ」と応じる。

「そうか、その別件ね——」

シモンが思い出したのは、ニコラのショー・ガーデンで、「願い事の木」の下に立ちながら話したことである。

女神オルウェンの出現をほのめかす白いクローバーの通り道。

それは、オルウェンが通った道筋であると教えてくれたのは、やはりこのアシュレイで、その時、彼はこうも言った。

「絶対神とは違って、この手の神は、基本、取引だ」と——。

つまり、この失踪(しっそう)には、あちら側の意図が絡んでいるのかもしれない。

顔をあげたシモンが、「もしや、アシュレイ」と尋ねる。

「先ほどのおかしな指示も、これと関係がありますか？」

アシュレイが、チラッとシモンを見て問い返す。

「おかしな指示というのは、『名前を呼ぶな』というあれか？」

「ええ」

人を捜すのに、名前を呼ばずしてどうするという感じだが、やはり、そこにはれっきとしたわけがあった。

「あれは、とっさに本能的に言ったものだが、こうなってみると、やはり正解だったとみていいだろうな」

相変わらず尊大なまでの自信を見せるアシュレイに、シモンが尋ねる。

「なぜですか？」

「それは、現実主義者のお前が納得するほどの理由ではないが、妖精の世界では、常に名前が重要な決め手になることが多い」

「名前が？」

意外そうなシモンに、アシュレイが「そう」と小枝を突きつけて教える。

「おとぎ話(フェアリーテイル)の中には、相手や自分の名前を言えるか、言えないかで、大きく命運が変わることが多々あるため、不用意に呼ばないほうがユウリのためになると考えた」

「なるほど」

そのあたりの機転や知識、あるいは野生動物並みの直感は、オカルトに造詣が深く、悪魔のごとき頭脳を持つアシュレイならではのものであろう。

「それなら、アシュレイ」と、シモンが、その才能に期待して尋ねる。

「このあと、僕たちは、何をどうすれば、ユウリを彼らの手から取り戻せると思いますか?」

「何も」

「何も?」

あまりにあっさりした答えに驚いたシモンが、「まさか」と問い返す。

「何もせず、手をこまねいて見ている気ですか?」

「ああ」

認めたアシュレイが、「お前だって」と主張する。

「いい加減、わかってきているだろう。――こんな初歩の初歩、今さら言うまでもないことだが、あちら側でのことは、どんなに歯がゆくとも、俺やお前のような人間には、どうすることもできない」

「そうかもしれませんが」

だからといって、ユウリがいなくなったことに対し、何もしないでいるなど、シモンには耐えられそうにない。

そんなシモンの苦悩を軽減することなく、アシュレイは無情にものたまった。

「まあ、あいつをわざわざ穴に放り込む手間が省けたと思えばいい」

先ほど、冗談めかして言ったことを取り上げての皮肉に、シモンが、「そんなこと言っていて」と告げる。

「このまま、ユウリが戻らなかったら、どうするおつもりです?」

「さ〜てね」

肩をすくめたアシュレイが、「何度も言うが」と面倒くさそうに言い返した。

「こうなった以上は、はなはだ頼りなくはあっても、ユウリがなんらかの朗報を手に戻ってくるのを、ここでじっと待つしかない」

だが、そこで気を変え「いや」とおのれの言を否定した。

「ここではないな」

「ここではない?」

「そう。あいつが戻ってくるとしたら、ここではなく——」

言われた瞬間、シモンにもその場所の見当がついたため、「なるほど」と頷いて、続けた。

「たしかに、戻ってくるとしたら、あそこでしょうね」

極めて稀なことに、意見の一致を見た二人は、ユウリを待つために、フラワーショーの会場へと戻っていった。

# 4

それより少し前——。

ガサッと。

すぐそばで生け垣の鳴る音がしたので、ユウリが何げなくそっちに目をやると、そこには例の、生け垣から顔を覗かせているメイ・トレイトンの姿があった。

「——あれ、君？」

驚いたユウリが懲りもせずにそっちに手を伸ばすと、その手を引かれ、今度こそ、生け垣の中へと引っぱり込まれてしまう。

「——！」

とっさのことに、声もあげられずに転がり込んだユウリは、気づけば、棘だらけの生け垣の中に立っていた。

「——え、あれ？」

あたりを見まわし、その異様さに呆然となる。

ねじくれた枝が四方を覆い、隙間（すきま）から落ちる木漏れ日があちこちに光の影を作る。

ごつごつとした木肌と甘い花の香り。

それは、なんとも幻想的で、かつ非現実的な光景だ。

「嘘。どうしよう」

どうやら、サンザシの生け垣に取り込まれてしまったようである。

ただ、ユウリのイメージでは、どうあがいても通れそうにないはずの生け垣の中は、意外に広く、外観との差異を考えれば、明らかにいろんなものの縮尺が完全におかしくなっていた。

つまり、ここは異界への入り口なのだろう。

たった今、「向こうから招待があればいい」などと考えていたので、ありがたいといえばありがたかったが、では、何ができるのかといえば、結局途方に暮れるばかりで、すぐには何も思いつかない。

しかも、相談しようにも、アシュレイもシモンもいないときている。

（う～ん）

悩みながら、ふと目をやった先では、ユウリを引っぱり込んだ張本人であるメイ・トレイトンが、こちらに向かって笑いかけていた。

「ふふ」

「やあ、メイ」

ひとまずユウリが話しかけると、彼女はクルリと背を向けて走り出す。彼女の動きに合わせ、ピンク色の綿菓子のようなドレスが、ふわふわと妖精の着物のように揺れ動く。

「——あ、待って」

慌ててあとを追いかけるユウリと、軽やかに走るメイの追いかけっこが始まった。

彼らが通り過ぎるたび、サンザシのトンネルがザワザワとざわめく。

メイが走り、ユウリが追う。

逆は、ない。

ただ、時おり、メイの姿が見えなくなり、立ち止まったユウリをからかうように、それまでとは違った方角から笑い声が響いてくる。

「うわ。そっち？」

驚いたユウリが方向転換して走り出すと、今度は、後ろからメイの笑い声が聞こえることもあった。

こうなるともう、生け垣の迷路を走りまわっているというより、ミラーハウスの中を動き回っているような幻惑具合で、ユウリの中で、次第に上下左右の方向感覚がおかしくなってくる。

「……目が回りそう」

右へ行ったり左へ行ったり、挙げ句の果てに戻ったりと、忙しく動き回っていたユウリであったが、ついに、その追いかけっこに終止符が打たれた。

「ねえ、こっちよ」

さすがに疲れ、立ち止まって息を整えていたユウリに対し、背後からメイが声をかけてきた。

そこで、ユウリは、ほぼ条件反射でそっちに向かって一歩を踏み出す。

と――。

突然、それまであたりを覆っていたサンザシの枝が消え失せ、ユウリは、草花の咲き誇る広い場所に出てきた。

「わ」

思わず声をあげ、息を呑む。

なんといっても、見渡す限りの花畑だ。

ユウリは、これほど大量の花をいっぺんに見るのは初めてで、その迫力に圧され、のけぞってしまう。

その鼻先を、南国風な甘い花の香りがかすめて過ぎた。

それにしても、ここは、いったいどこなのか。

少なくとも、現実世界に存在する場所ではなさそうで、「さて、どうしたものか」と考えていると、ふいに誰かがユウリと手を繋いだ。

ハッとして見おろすと、そこにメイがいて、ユウリを見あげて懇願する。

「あのね、一緒に来てくれる?」

「いいけど、どこへ?」

「あっち」

言いながらメイが指したほうには、花畑を貫通するように一本の白い道が通じている。

近くに寄ってみると、それは白いクローバーの生えた道で、遠くに見える一本のサンザシのところまで続いているようだ。

そこで、白い道をメイと歩きながら、ユウリは尋ねた。

「君、メイ・トレイトンだよね?」

「そう」

頷いたメイが、逆に「私の名前って」と訊き返す。

「そんなに有名なの?」

「まあ、有名だね」

公開捜査になってからは、新聞やテレビでずいぶん見るようになったので、ある意味、時の人ではあるだろう。

ユウリが尋ねる。

「有名だと、何か困ることでもある?」

訊くまでもなく、このご時世であれば、メイが現実世界に戻った時には、かなり面倒な事態になるだろう。できることなら、名前を変えるか、せめて姓をもう一方の親のものへ移してもらったほうがいいかもしれない。

が、それはあくまでも戻った時の話で、今この瞬間、彼女の名前が有名であることに、どんな問題がつきまとっているのだろう。

メイが、「だって」と答えた。

「『名前当てクイズ』に、負けちゃったから」

「『名前当てクイズ』？」

「そう」

頷いたあと、久しぶりに人と話すのが嬉しいのか、ユウリの手を握ったまま、メイは浮かれたように小さくスキップし始めた。

身体を揺らしながら、メイが続ける。

「私ね、一緒に遊んでいる男の子の名前がわからなくて、困っているの。だって、あの子ってば、ヒントもなにもくれないんだもん」

メイが、陰口を言うように文句を言い、ユウリは苦笑して認めた。

「それは、たしかに困ったものだね」

「そうよ。それにね」

彼女は足下に気を配りつつ、相変わらずスキップしながらおしゃべりする。

「あの子、約束したから、迎えが来るまで帰れないって言うんだけど、おかあさん、いつまで待っても迎えに来てくれないから、私、どうしようかと思っていて……」

ユウリが訊き返す。

「お母さんが、迎えに来てくれるはずなの？」

「そう」

「ここに？」

だが、どうやら場所は不確からしく、「う～ん」と考え込んだメイが、スキップをやめて呟いた。

「……わかんない」

それから、「おかあさんね」とユウリに向かって訴える。

「『そこにいて』って言ったの。『すぐだから、そばを離れちゃだめよ』って」

「そうなんだ」

「でも、私、そばを離れちゃったかも」

「そうかもしれないね」

「だから、おかあさん、メイのこと、迎えに来てくれないのかな？」

「そんなことはないよ」

ユウリは、不安そうな少女を慰めるように諭す。

「きっと、ちょっと遅れているんだ」

「本当に？」

「うん」

「でも、いつまで経っても来てくれないし、もしかして、私が言いつけを守らなかったから、メイのこと、嫌いになっちゃったのかも」

「それもない」

メイの手を取って膝をつき、正面から向き合ったユウリが、緑色の瞳を覗き込みながら断言する。

「お母さんは、君のことを必死で捜しているんだ。——今、この瞬間も」

「そうなの？」

「うん。だけど、どこにいるかわからなくて」

ユウリが伝えると、メイがギュッとユウリの手を握り返して言った。

「でも、メイ、ここにいるのに」

「そうだね。それを、なんとか知らせないと」

「わからないんだけど、ここはどこ？」

ユウリが認めると、窺うように周囲に視線をやったメイが、「ねえ」と訊く。

「ごめん。それについては——」

ユウリは立ちあがり、改めてメイと手を繋ぎながら続ける。

「僕もさっぱりわからないし、それが、いちばん知りたいことなんだ」

それからしばらくメイの手を引いて白い道を歩いていると、さっきまで遠くに見えていたサンザシの木の根元までやってきた。

サンザシの向こうには水場が広がり、その奥に玉座に座る白い服の女性が見えた。

光り輝く顔をした美しい女性で、ユウリが思うに、彼女こそが、サンザシの女神であるオルウェンなのだろう。

だが、白い処女神でもあるオルウェンは、ユウリを温かく迎えるでもなく、静かにこちらを見つめている。どうやら彼女には、進んで救いの手を差し伸べる気はなさそうで、このままユウリのやることを静観するつもりのようだ。

さすが棘を持つ茨の女神である。

妖精にも、親切なものから厳しいものまで、いろいろといるようだ。

(取引——)

ユウリは、前にアシュレイに言われた言葉を思い出し、きゅっと身を引き締める。

(慎重にならないと失敗する……)

間違えたら終わり、ユウリは、何も得られずに終わるだろう。

だが、ここは、なんとしても、静観する女神の要望に応え、取引を成立させないといけない。

サンザシの根元では、一人の少年が遊んでいた。

そのそばには、女性の姿が描かれた木製浮き彫り（レリーフ）が立てかけてある。

ユウリとメイの姿に気づいた少年が、ハッとしてから、すぐにつまらなそうな顔つきになり、メイに対して言った。

「もしかして、やっと迎えが来たんだ？」

「そうなの。だから、私、もう帰らないと」

「残念だな。楽しかったのに」

「私も」

メイは言ったが、声にはどこかホッとした響きがある。

そんなメイに、少年が言った。

「でも、君、まだ、僕の名前を当てていないよね？」

「うん」

「『なぞなぞごっこ』は、始めたら終わらせないとだめだよ」

「そうなの？」

動揺したメイが、かたわらのユウリをすがるように見あげた。もちろん、彼女には、このゲームの終わらせ方がわからないのだ。

　そこで、ユウリが代わりに応じる。

「それなら、僕から提案がある」

「なに？」

　ユウリとはあまり遊びたくないらしく、少年はつっけんどんに訊き返した。

　そこで、ユウリは、ここぞとばかりの大勝負に出た。

「僕と、一発勝負の『名前当てクイズ』をしないかい？」

「お前と？」

「そう」

「一発勝負？」

「うん、一発勝負で」

「何を賭ける？」

「そうだね」

　そこで少し考え、ユウリは自分の希望を述べる。

「もし、二人とも相手の名前を答えられたり、逆に外れたりしたら、この勝負はドローということで、またの機会に持ち越そう」

「持ち越しか……」

　できれば、そうしたくなさそうな少年であったが、「まあ、しかたないな」となんとか

応じてくれる。

「それでいいよ」

ユウリが礼を述べたのに対し、「その代わり」とすぐさま少年が主張する。

「俺が勝ったら、お前が左手にしている、そのきれいな腕輪をもらう。——いいな？」

「……これか」

無意識に左手首を押さえたユウリが、一瞬、返事に迷う。

ふだんは見えないが、ユウリの左手に嵌(はま)っている不思議な腕輪は、「月の王(メネラウス)」の称号を持つ彼に対し、守護の証として女神マヤが与えたものであった。それを、こんなふうに取引材料として使うことには、どうしても躊躇(ためら)いがある。

だが、他に方法がなければ、今はできることをするしかない。

「わかった」

受諾したユウリが、こちらの要求を突きつける。

「それじゃあ、僕が勝ったら、そこにある素敵な木製浮き彫り(レリーフ)をくれるかい？」

とたん、少年が、今までいちばん嫌そうな表情をした。その際、チラッと背後の玉座に視線をやったのを、ユウリは見逃さない。

それでも、結局、彼の言う『なぞなぞごっこ』の誘惑には勝てなかったらしく、少年はややあって受け入れた。

「わかった。お前が勝ったら、これをやる」

「ありがとう」

互いの言い分が成立し、いざ、勝負の時がくる。

はたして、この流れは、女神の意向に沿うのかどうか。

「じゃあ、君からどうぞ」

ユウリが先行を譲ると、彼は意気込んで言う。

「よし。見ていろよ」

それから、何かを求めるように、とんがった耳を澄ませる。

しばらくそうして耳をぴくぴくさせていたが、どんなに待っても、期待していたような手ごたえがなかったらしい。

次第に、少年の顔に焦りの色が浮かび始めた。

すると、待っている間に、メイがユウリにだけ聞こえる声でコソッと言う。

「……あなたを呼ぶ声、聞こえないね」

「呼ぶ声？」

「うん」

頷いたメイが、「私の時はね」と種明かしをしてくれる。

「おかあさんが私を呼ぶ声が聞こえたから、彼に名前がわかっちゃったの」

「……なるほど」

つまり、こういうことだ。

急にいなくなった人間の名前は、えてして誰かが呼ぶ。

その声を聞いて、少年は、労せず相手の名前を確認することができるため、「名前当てクイズ」では負けなしという寸法であるらしい。

だが、偶然にも——、いや、もしかしたら意図的に、誰もユウリの名前を呼ばなかったため、少年にはユウリの名前がわからないのだ。

メイが、ちょっぴり気の毒そうに言った。

「あなたのこと、誰も捜していないの？」

「……かもしれない」

それは、ちょっとショックである。

もっとも、ユウリが消えてしまったとわかって、近くにいたシモンが捜さないとは思えず、むしろ、その場にはアシュレイもいたことを考えると、これには、きっと何か意味があるはずだ。

少なくとも、呼ばれなかったことで、ユウリは助かったのだ。

からくりがわかったところで、ユウリが答えを催促する。

「答えないのかい？」

「ちょっと待ってろ」

「それなら、先に、僕が君の名前を答えようか」

それに対し、不安そうに表情を歪(ゆが)めた少年が、しぶしぶ頷いた。

「よし、いいだろう。俺の名前はなんだ？」

そこで、ユウリは答える。

「君の名前は、『ソーン』だね？」

「――――」

少年が驚いたようにユウリを見て、すぐに悔しそうな顔つきになる。

「なんで知っている⁉」

それを聞いて、メイがすかさず叫んだ。

「わかった。貴方の名前は、『ソーン』ね」

とたん、その場から、メイの姿がかき消える。

「どうやら、当たりだったみたいだ」

その場に残されたユウリが言い、さらに、もう一度催促した。

「それで、ソーン。君のほうは、僕の名前を当てられそうかい？」

それに対し、少年が地団駄(じだんだ)を踏んで言い返した。

「もう少し待ってろ。絶対に当ててみせるから！」

だが、それには、この場の支配者であるサンザシの女神オルウェンから「待った」の声がかけられる。

玉座をおり、彼らのそばまで近づいてきた女神オルウェンが、かたわらの少年を見おろして告げる。

「そこまでだ、ソーン。勝負は決した」

「でも、オルウェン様」

慌てて言い募ろうとしたソーンに、女神オルウェンは決然と言い放つ。

「見苦しいぞ、ソーン。潔く、その方に木製浮き彫り（レリーフ）を渡しなさい」

怒られたソーンが、しゅんとして木製浮き彫り（レリーフ）をユウリに渡した。

受け取ったユウリは、そこで初めて、女神オルウェンに挨拶する。

「こんにちは。善き隣人（ザ・グッドネイバーフッド）さん。仲裁をありがとうございます」

「よく来たな。他人のために祈る者よ。そなたの願いは聞き届けられた」

それは、先ほど、この場から消え失せたメイのことを言っているのだろう。

了解したユウリが、丁寧に礼を述べる。

「それについても、感謝します。何から何まで、ありがとうございます」

「別に、礼を言われるようなことでもないが」

輝く笑顔で応じた女神オルウェンが、「でも」としたたかに取引を持ちかける。

「もし、本当に感謝してくれるのであれば、そなたに一つ頼みがある」

「――なんでしょう？」

ユウリが慎重に訊き返すと、女神オルウェンは、ユウリが手にした木製浮き彫り(レリーフ)を示して「その」と言った。

「憐(あわ)れな精霊ドライアッドの願いを聞き届けてやってくれ」

「ドライアッドの願い？」

そこで、木製浮き彫り(レリーフ)に視線を落としたユウリは、煙(けぶ)るような漆黒(しっこく)の瞳を翳(かげ)らせると、改めて繰り返す。

「なるほど。願いか……」

「そうだ」

頷いた女神オルウェンが、深い溜め息とともに告げる。

「そのドライアッドは古い友人だが、ある時、無情にも魂が宿ったままの状態で切り倒され、木片の中へ閉じこめられてしまった。以来、かわいそうに、魂が救われることなく、こうして木製浮き彫り(レリーフ)の中で眠り続けている」

「それは――」

たしかに、かわいそうなことである。

とはいえ、簡単に引き受けるわけにもいかない。なんといっても、この木製浮き彫り(レリーフ)を渡さない限り、キャンベル家にかかった呪いは解かれないからだ。

ユウリが、そのことを訴える。

「できればそうしたいのですが、この木製浮き彫り(レリーフ)がないと救われない人間がいるのもたしかなんです」

「わかっておる」

白き処女神であるオルウェンには、現実世界での出来事も筒抜けであるらしい。

「わかったうえで」と彼女は続けた。

「そなたに頼んでいる、他人のために祈る者よ」

それから、ユウリにサンザシの小枝を渡すと、「そなたになら」と告げる。

「これらすべての魂が救われるたった一度の機会を、サンザシの女神オルウェンの名にかけて、捉(とら)えることができるはずだ」

「たった一度の機会――」

感慨深げに呟いたユウリに、女神オルウェンが頷きかける。

「そう。――しかと頼んだぞ」

その言葉を最後に、サンザシの女神に送り出されたユウリは、ほどなく、現実世界へと帰還した。

# 5

ニコラのショー・ガーデンは、最終日の午後、混雑のピークを迎えていた。

近所に住むマーサも、初日のメンバーズデーに一度来たにもかかわらず、もう一度チケットを取って、白いクローバーの奇跡を見ようと順番待ちしていた。

行列には辟易するが、チケットを取れただけでもラッキーで、友人のパメラは、間に合わなかったと嘆いていたくらいである。

けっこう待たされたあとで、ようやく最前列に出られる。

前に来た時は、著名な日本人の庭に集中していたため、この「希望」と題された庭はおざなりに見ただけだ。それでも、「願い事の木」のことはよく覚えていて、その木に奇跡が起きるなんて、すごいことだと感動している。

ところが、実際に目の前に立ってみると、思っていたのとは違い、観賞スペースからはくだんの白いクローバーはよく見えなかった。白い筋があるのは辛うじて見えるが、そこまでだ。肉眼で白いクローバーの存在を確認することは不可能である。

（やだ、よく見えないじゃない……）

踏み荒らされないためにそうなっているのはわかるが、見えなければ、わざわざ再訪した意味がない。観賞スペースには、彼女のような来場者を納得させるため、白いクローバーの拡大写真が置かれているが、みんなが見たいのは、生の奇跡だ。

（なんとか、もっとよく見えないかしら……）

そう思いながら、拡大写真から顔をあげ、改めて庭を見たマーサは、そこで「あら」と声をあげる。

「あれは、誰……？」

庭園内には、今しがたまで見かけなかった青年が立っていた。

東洋風の顔立ちをした、品のよい青年だ。

ちょうど「願い事の木」の下あたりで、彼女が彼に気づいたのとほぼ同時に、あたりにざわめきが広がる。

「ねえ、あんな人、いた？」

「ちょっと、写真撮るのに、邪魔なんだけど」

「スタッフよね？」

「でも、スタッフジャンパーを着てないわよ」

そんな会話がされるうちにも、どこかで警備員を呼ぶ声がする。

シモンとアシュレイがニコラのショー・ガーデンに戻ってきたのは、ちょうどそんな時であった。

「――ユウリ！」

ユウリの姿を認めたシモンはとっさに名前を呼んでしまい、ハッとしてそのまま口を閉ざした。先ほどのアシュレイの勧告がどこまで有効であるかがわからず、今はまだ、むやみやたらと名前を呼ぶべきではないかもしれないと思ったのだ。

そこで、人混みをかき分け、急いでユウリのそばまで行く。

だが、その前に、警備員がユウリに近づき、腕を掴んだ。

「君、ここで何をしているんだ？」

「あ、すみません」

慌てて謝ったユウリに対し、警備員がさらに詰問する。

「そもそも、どうやって入ったんだ？」

「それは――」

説明するのが難しく、とっさに答えに詰まっていると、報せ（しら）を受けてやってきたニコラが「あれ？」と呟いてから警備員に声をかけた。

「ああ、君、いいよ。ありがとう。その子は知り合いだから」

そこでようやく、ユウリの二の腕を掴んでいた警備員が手を放した。

ホッとしたユウリに、ニコラが声をかけてくれる。

「やあ、ユウリ君」

「どうも、ニコラさん」

挨拶したユウリが、まず、生真面目にお詫びする。

「すみません、突然、こんなところにいて」

「構わないが、どうしたんだい？」

「それが、えっと……」

警備員に質問された時と同じく、何をどう言ったらいいかわからず言葉に詰まったユウリに対し、その場に現れたシモンが、機転を利かせて訊いてくれた。

「ユウリ。携帯電話は見つかったかい？」

「あ、シモン」

友人の高雅な姿を見て心の底から安堵したユウリが、すぐさま話を合わせて答える。

「あったよ。やっぱり、木の下に落ちていた」

「そう。――ならよかった」

そう言ってニコラのほうに向きなおったシモンが、「申し訳ない」と謝罪する。

「彼、さっき、ここで携帯電話を落としてしまったらしく、閉場してしまう前に急いで捜しにきたんだよ。――先に、貴方に連絡すればよかったんだろうけど、すぐに見つかると思ったんで、勝手にちょっとだけ入らせてもらった」

「ああ、ぜんぜん構いませんよ。むしろ、見つかってよかったですね」

人の好いニコラは、そう言って彼らを送り出してくれた。

嘘をついたことに若干の罪悪感を抱きつつ、ユウリは、なんとかシモンと合流できたことを喜ぶ。

そのあとすぐ、離れたところで待っていたアシュレイとも合流できたが、彼は、この騒動についてはいっさい触れず、ユウリが小脇に抱えている木製浮き彫りをチラッと見てから、「その様子だと」と告げた。

「穴に落ちただけのことは、あったようだな？」

「そうですね」

頷いたユウリが、念のため、「穴ではなく」と訂正した。

「生け垣ですけど」

「つまり、生け垣の境界線を越えたってわけか」

「はい」

認めたユウリが、「でも」と続ける。

「詳しい話はあとにして、今は、先に『緑のジャック』を見つけないと――」

「それなら、簡単だ」

ユウリは、この広い会場内を捜す必要性を感じていたのだが、チラッとシモンと視線を合わせたアシュレイが、「奴の居所なら」と続ける。

「だいたい把握しているし、なんなら、最終目的地に陣取って待っていればいい」

「最終目的地――」

言われてみればそのとおりで、「緑のジャック」が求めているのは、先祖が彼を怒らせたブライアン・キャンベルである。つまり、彼の家で待っていれば、「緑のジャック」はおのずと現れるはずだった。

そこで彼らは、来た道を戻り、ふたたびキャンベル邸を目指して移動する。

道々、ユウリは簡単に、いなくなっていた間のことを二人に話して聞かせた。

「――なるほど」

聞き終わったところで、シモンが頷く。

「つまり、君を向こう側に連れ去ったのは、意外にも、行方不明中のメイ・トレイトンだったってわけか」

「うん」

それは、誰にとっても明るい話題であると言っていい。

なんと言っても、これで、彼女が生きていることが証明されたのだ。

しかも、無傷で――。

あとは、こちらの世界に戻ったメイが、無事、母親の元に戻れることを願うばかりである。

到着したキャンベル邸は、やけに静まり返っていた。

玄関で呼び鈴を鳴らしつつ、アシュレイが不吉なことをのたまう。

「まさか、絶望して自殺でもしていないだろうな？」

「やめてください、縁起でもない」

シモンが真面目に注意していると、しばらくしてインターフォン越しに本人の声で応えがあり、最悪の事態は避けられたことがわかった。

「どうも、ブライアンさん」

代表してシモンが挨拶し、続ける。

「たびたびですが、少しよろしいですか？」

「ああ」

そこで、玄関扉が開かれ、彼らはふたたびキャンベル邸に迎え入れられる。

「――もう、来ないと思っていたよ」

玄関口に現れたブライアンが土気色の顔のままアシュレイに対して言うと、アシュレイの口からは、同情の「ど」の字もない、淡々とした皮肉が飛び出した。

「悪いが、俺は、あんたと違って粘り強いんでね」

「――アシュレイ」

とっさにシモンが非難の声で呼んだが、ブライアン自身が腕を振って「気にするな」という素振りをしてみせる。

「実際、たしかに、私は諦めかけていた。──自分のことなのにね」

そこで、ブライアンは、戻ってきてくれた彼らのために、館の中を好きに使っていいという許可を与え、自分は、要望どおり、事がすむまで自室にいることを誓って、館の奥に引っ込んだ。

## 6

館の中を自由に使う許可を得たことを受け、単身、外に出たユウリは、草木の生い茂る庭に立って「緑のジャック」の気配を探った。

遅い午後の陽射しの中、緑と花のむせ返るような香りが、そんなユウリを包み込む。

その様子を窓から見おろすシモンは、気が気ではない。

当然、アシュレイもシモンも一緒に行きたがったが、二人がいることで「緑のジャック」との接触が不可能になることを危ぶんだユウリが、頑なに断ったのだ。

「『たった一度の機会』と言われたんです」

自分より意志の強い二人を説得するのに、ユウリは女神オルウェンの言葉を持ち出して続ける。

「だから、もし接触に失敗したら、あとがありません」

さすがに、そう言われてしまえば、彼らとて無理強いはできない。

ほぼ万能といっていい二人であるが、霊能力に関してだけは人並みの鈍感さしか持ち合わせておらず、こういう場合、ユウリの助けになるどころか、へたをすればお荷物になる可能性があることは重々承知しているからだ。

一人になったユウリは、全身全霊を使って、「緑のジャック」との接触を試みた。

（お願いだから、現れて――）

念じながら、木製浮き彫り（レリーフ）をギュッと抱きしめる。

だが、しばらくは何も起きず、周囲の木々がサワサワと静かに風に揺れる音だけが響いていた。

サワサワ。

サワサワ。

それが、少しずつ、若干強めのザワザワしたものへと変化する。

ザワザワザワ。

ザワザワザワ。

そんな中、ユウリが集中力を絶やさずにいると――。

突然、それは現れた。

おそらく、それまでユウリが気づかなかっただけで、実際はゆっくり近づいていたのであろうが、ユウリの感覚では、ふいに身の回りの緑が濃さを増し、濃密な草の香りが立ち籠めたようだった。

眩暈（めまい）がしそうなほどの、強烈な香りだ。

ほぼ同時に、緑の風がユウリを包み込み、次の瞬間、すぐ目の前に「緑のジャック」が立っていた。

いや、立っていたというのは、言い過ぎかもしれない。

そこに、何かがいた。

「緑のジャック」には実体がなく、まわりの草木の一部が濃さを増すことで、彼に輪郭を与えているような感じである。

ゆえに、枝や葉っぱで形作られた輪郭は捉えられても、中心部分は透けている。

そして、その透けた部分にも、背後の緑が映り込んでいるため、全体的になんとも不思議な景色となっているのだ。

それでも、そこには間違いなく「緑のジャック」がいて、しばらく言葉が出なかったユウリが、勇気を奮い起こして話しかけた。

「高貴な方よ。女神オルウェンからの伝言です」

ユウリの呼びかけに対し、木々の梢がざわめいた。

それに負けないように、ユウリは声を張り上げる。

「――貴方の願いは？」

すると、木々のざわめきの中から、聞き取れるか聞き取れないかの微妙な大きさで、その囁き声が響いてきた。

……それは、わたしのものだ。

ユウリが認める。

「たしかに、貴方のものだったかもしれませんが、それは『強奪』という罪によるものです。貴方によって自由を奪われた精霊ドライアッドの嘆きが聞こえませんか?」

だが、ユウリの言葉は届かないようで、相手は同じことを繰り返す。

……それは、わたしのものだ。

先ほどに比べ、声に怒りの色がある。

このままいくとユウリにも危害が及びそうではあったが、だからといって、簡単に投げ出すわけにもいかない。

ユウリは、説得を続ける。

「聞いてください、高貴な方(ザ・ジェントル)よ。貴方の本当の望みが聞きたいんです。魂が発する真実の願いが——」

思いを込めて告げるが、やはり声は届かない。

……わたしのものをかえせ！

言葉と同時に、凶暴な怒りが広がる。

それは、ユウリを締めつけるように緑の中に浸透したが、それでも負けずに、ユウリは言う。

「本当に？」

ユウリは尋ねる。

「流浪の中で、貴方は何を見つけたんです。それとも、何も見つけることはなかったのですか？　恋い焦がれた相手の絶望も感じず、ただ、おのれの欲望のままに存在することに意味があると？」

問いかけたユウリが、さらに訊く。

「それで、貴方自身は疲れないのですか？」

それに対し、緑の中に広がっていた怒りの中に、わずかな悲哀が忍び入る。

……おまえは、なにをいっているのだ？

……わたしがなんだと？

その一瞬の隙を逃さず、ユウリが畳みかける。

「疲れです。貴方の魂も疲弊しているはず」

……つかれ。

……つかれ。

……つかれた。

「そうです。よく魂の声を聞いてください。貴方の本当の願いは、なんですか？」

凛と涼やかな声が、怒りに占領された緑に浸透するように広がっていく。疲弊したものを癒やし、細胞から作り変え、新たな息吹を与える声——。

ユウリが続ける。

「なぜ、貴方は、この木製浮き彫りにそんなにこだわるんです？」

……なぜ？

ユウリの声が閉ざされた心を揺るがすのか、ついに相手がユウリの言葉を受け入れ始めた。

……なぜ、わたしは、それにこだわるのか。

……わたしのたましいのこえ。

……わたしのねがいとはなにか。

繰り返しながら、どんどん苦しげな声になっていった相手が、やがて、絶望の響きを込めて告げた。

……そうだ、わたしのたましいは、ねがっている。

……いとしいもののくるしみと、おのれのつみ。

……せめて、わたしがそばにいてやろうと、もとめつづけた。

……るろうのはてに、わたしのたましいがねがうのは――。

内観する相手を焦らせないよう、ゆったりとした気持ちで待っていたユウリが、そこでもう一度静かに尋ねる。

「貴方の魂が願うのは、なんですか？」

すると、かなり間を置いたあと、ついに相手は言った。

……かいほうだ。

……たましいのかいほう。

ようやくその願いを導き出すことができたが、それが欲しい答えではない。

それだけでは足りず、ユウリは、ユウリ自身の願いを込めて、ゆっくりと確認する。

「それは、誰の魂の解放ですか?」

……だれの?

……だれのとは?

……だれが?

戸惑いを浮かべた相手に向かい、ユウリはさらに訊く。

「そうです。解放されるべきは、貴方自身か。それとも、貴方が自由を奪った気の毒な精霊ドライアッドの魂か——」

とたん、ユウリのまわりで緑の濃さが増し、木々のざわめきが最高潮に達する。

……ああ、ドライアッド！

……あわれな、せいれい。

……いとしいドライアッド。

それは、長い流離の果てに得た魂の葛藤(かっとう)であり、今、一つの運命が決まろうとしている証であった。

突風に打たれたユウリが、その場でよろめく。

だが、なんとか大地を踏みしめてとどまり、答えを求めて最終確認をする。

「今一度訊きます、高貴な方(ザ・ジェントル)よ。――貴方の願いはなんですか？」

緊張の一瞬。

やがて、緑の風の中から、静かな、だが、これまでいちばん明確な答えが返る。

……わが願いは、愛すべき精霊ドライアッドの魂の解放だ。

それは、実体を失っている「緑のジャック」のはっきりとした意志で、ホッとしたように微笑んだユウリは、木製浮き彫り(レリーフ)を地面に置くと、代わりにポケットから取り出したサンザシの小枝を手に持った。

その場でゆっくりと息を整え、まずは四大精霊を呼び出す。

「火の精霊（サラマンドラ）、水の精霊（ウンディーネ）、風の精霊（シルフィード）、土の精霊（コボルト）。四元の大いなる力をもって、我を守り、願いを聞き入れたまえ」

すると、その呼び声に応える形で、濃い緑の隅々から、ポワン、ポワンと四つの光がこぼれ出てくる。

それを小枝の先に絡ませつつ、ユウリが、たった今なされた願いを代弁した。

「女神オルウェンの名において、この者の願いを天へと通し、気の毒な精霊ドライアッドの魂を解放せよ」

願望を言い終わったあと、彼は「同時に」ともう一つの願いを通す。

「解放された精霊ドライアッドの願いを聞き入れ、罪深き者の魂に許しを与えよ」

それは、木製浮き彫り（レリーフ）を手にした時からわかっていた、精霊ドライアッドの願いであった。

それゆえ、両者の魂が救われるためには、どうしても「緑のジャック」に相手の解放を願ってもらうしかなかったのだ。

ただし、成功する見込みは薄く、本当に賭けであった。

ユウリの導きが失敗すれば、ドライアッドの魂は永遠に救われずに終わってしまっただろう。

互いが相手の解放を願う――。

それだけが、唯一、二つの魂を同時に救える方法だった。

そんなユウリのまわりでは、呼び出された四大精霊が白い光となって飛びまわり、その使命を全うする時を、今か今かと待ち望む。

ユウリが、願望の成就を神に願う。

「それら二つの願いが即刻聞き届けられるよう、我、ユウリ・フォーダムが願う。アダギボル　レオラム　アドナイ――」

とたん、待ちきれないような勢いで、四つの光がユウリの腕からサンザシの枝を通り抜け、木製浮き彫りの中へと流れ込んだ。

一つになった光が膨らみ、次の瞬間――。

爆発したような真っ白い閃光が、あたりに広がる。

それは、ユウリを包み込んでいた緑の気配を吹き飛ばし、木製浮き彫りから立ち上った白い影とともに、渦巻くように天へと駆けのぼっていく。

木製浮き彫りに閉じこめられた精霊ドライアッドの魂と、「緑のジャック」――かつては領主として傲慢にも精霊の宿る木を切り倒し、呪われてグリーンマンと化した男の魂が、長い時を経て解放され、天へとのぼった瞬間であった。

やがて、閃光が引き、午後の静けさを取り戻したキャンベル邸の庭で、ユウリは一つ溜め息をつくと、足下に転がっていた木片を拾いあげる。

その表面には、先ほどまで精霊ドライアッドの姿が浮かび上がっていたはずだが、今、彼女の姿はなく、なんの変哲もない真っ平らな木片へと変化していた。

「……よかった」

使命を終えたユウリが虚脱していると、背後からシモンに呼ばれる。

「ユウリ」

シモンとアシュレイは、ユウリのまわりで不可思議な光が瞬(またた)くのを見たところで、急いで庭に降りてきたのだ。

「あ、シモン」

振り返ったユウリを、シモンがそっと引き寄せる。

「終わったみたいだね?」

「うん」

「ケガはない?」

「大丈夫。万事めでたしかな」

それに対し、黙って近づいてきたアシュレイは、ユウリが手にしていた木片に視線を投げ、さらにあたりを見まわしてから、「つまり」と確認する。

「ミスター・シンには、『安心して店を続けろ』と伝えていいんだな?」

「はい、大丈夫です」

断言したユウリが、「ブライアンさんにも」と続ける。

「キャンベル家の呪いは解かれたので、安心して暮らしてくださいとお伝えください」

つまり、すべての発端となったあの木箱も、もはや用済みということだ。

それを聞いて肩をすくめたアシュレイが、なんとも珍しいことに、「それは、ご苦労」と労い(ねぎら)の言葉をかけてから、立ち去った。

いつもの例からして、労ってもらえるとは思っていなかったユウリは驚いたが、シモンとしては、毎度のことながら納得がいかない。

「なにが、『ご苦労』なんだか」

澄んだ水色の瞳を剣呑(けんのん)に細め、「相変わらず」と呆れたように続ける。

「傲慢にもほどがある」

それに対し、むしろユウリのほうが、なだめるようにシモンに言った。

「いやでも、あれって、アシュレイにしてみれば、たぶんお礼の言葉だから」

「お礼ねえ」

シモンが、そんなユウリをチラッと見る。

あれがお礼かどうかはともかく、今回に限っては、シモンも、アシュレイの功績を認めざるをえない部分があった。

なんといっても、ユウリがあちら側にいた間の話を聞いた際、もし、あの時、シモンがユウリの名前を呼んでしまっていたら、事態は、まったく違う様相を帯びていたかもしれないからだ。

そのことを、シモンが告白する。

「たしかに、悔しいけど、今回は、僕もアシュレイに感謝しているよ」

「そうなんだ？」

意外そうな顔になったユウリが、当然尋ねる。

「なんで？」

そこで、ユウリが消えてしまった直後の出来事を話すと、納得したユウリが「ああ、だからか」と応じた。

「あそこで名前を呼ばれなかったことには、やっぱりアシュレイの意図があったんだね？」

「そうだよ。——さすがというか、なんというか」

認めたシモンが、かなり落ち込んだ様子で「あの時、もし、僕だけだったら」とつらい心中を吐露する。

「君を窮地に陥れ、こっちに戻れなくしていただろう」

それは、今考えても、ひやりとさせられる出来事だ。

だが、そんなシモンの愁いを払拭するように、ユウリが明るく告げた。

「そんなの、シモンが気にしなくても、その時はその時でどうにかしただろうし、何より、シモンが名前を呼ぼうとしたのは、僕を心配してのことであれば、誰に責められたものでもないよ。──むしろ、ああいう場合に、名前を呼ばれないほうが悲しいし」

「本当に？」

「うん」

あの時、メイに言われた一言は、かなりユウリの心にグサッと刺さった。いなくなっても誰にも捜されないのは、一人でいるより淋しいことだ。

ユウリが、「それに」と続ける。

「そもそものこととして、自分の目的のためなら、人を穴に放り込むのも辞さないような人には、それくらいの予防策は持っていてもらわないと困る」

ユウリにしては珍しい皮肉を聞かされ、落ち込んでいたシモンもつい笑ってしまう。

「それは、言えているな」

そこで、ようやく気を取り直したシモンが、「それなら」と提案した。

「かなりお腹もすいたことだし、僕なりに君を労うためにも、何か美味しいものでも食べに行こうか」

「賛成！」

そこで、並んで歩き出した二人は、穏やかな西陽に包み込まれるキャンベル邸をあとにした。

# 終章

翌日。

ハムステッドにあるフォーダム邸で、ベルジュ家の兄弟と遅めの朝食を取っていたユウリに対し、「お食事中失礼します」と言いながら脇（わき）に立った執事のエヴァンズが、固定電話の子機を差し出して告げる。

「日本からお電話です」

「え？」

驚いたユウリが、子機を受け取りつつ訊（き）き返す。

「もしかして、おかあさん？」

「いえ」

慇懃（いんぎん）に応じたエヴァンズが答える。

「隆聖（りゅうせい）様です」

「――ああ」

納得したユウリが、電話に出る。

隆聖には、昨夜のうちに、一連の出来事の顚末をメールで報告しておいたので、それについてのコメントであろう。

「もしもし、隆聖？」

日本語に切り替えて会話するユウリを、紅茶のカップを傾けながらのシモンと、タブレット型端末を操作しているアンリが、それぞれ見守る。

『ユウリか』

「うん。おはよう」

『こっちは、真夜中や』

あっさり返した隆聖が、『それに、相変わらず』と続けた。

『携帯電話に出る気はないようだな』

どうやら、先にそっちにかけてくれたらしい。

小さく首をすくめたユウリが、言い訳を口にする。

「ごめん。今、朝ごはんを食べているところで、携帯電話は部屋に置いてあるんだ」

『なんであれ、お前には携帯電話が「携帯」である意味はないな。固定電話のほうが、よっぽどつかまる』

朝っぱらから皮肉を言われ、「かもしれない」と受けたユウリが、「それで」と問う。

「メールでも報告したけど、木箱の件は無事解決したから、心配しないでいいよ」

『そのようだな』

「桃里さんにも、そう伝えてくれる？」

ユウリがメールに書きそびれたお願いをすると、すかさず隆聖が言い返した。

『すでに伝えてある。それに対し、桃里からよくよく礼を伝えてくれと言われたから電話したんや。――伝書鳩ではないんだが』

「そっか。もしかして、そのためだけに連絡をくれたの？」

『ああ』

「それは、わざわざありがとう」

『礼はいいから、たまにはこっちにも顔を出せ』

「ああ、うん、そうだね」

顔を出したら出したで、色々と面倒なことに付き合う羽目になるのはわかっているが、ユウリは素直に頷いた。

「近々、行くよ」

そこで電話を切ったユウリに、早速シモンが尋ねる。

「隆聖さん、なんだって？」

「え、あ、う〜ん」

子機を脇に置きながら唸ったユウリが、迷った末に答える。

「隆聖と言うよりは、報告を受けた桃里さんから、間接的にお礼を言われた」

「――なるほど」

ユウリの功績に対し礼を言わない傲岸な態度は、やはりどこかアシュレイに似ていると思ったシモンが苦笑していると、一人、会話から外れてタブレット型端末を見ていたアンリが、「へえ」と嬉しそうな声をあげて、一つのニュースを取り上げた。

「例の行方不明になっていたメイ・トレイトンが見つかったらしいよ」

もちろん、そうなるだろうとわかっていたユウリであったが、実際、どういう形で見つかったのかは知らなかったので、興味を示して訊き返す。

「そうなんだ。どこにいたの？」

すると、奇妙そうな目でユウリを見返したアンリが、すぐに察して苦笑する。

「なるほど。そう返すということは、ユウリはすでに、メイ・トレイトンが生きているってわかっていたんだね？」

「……あ、えっと」

鋭い指摘に言葉を詰まらせたユウリに代わり、ナプキンを置いたシモンが「で？」と異母弟をうながす。

「どこで見つかったって？」

どうやら、詳しいことを教えてくれる気はないらしいと察したアンリが、小さく肩をすくめ、すぐさま記事の内容を伝える。

「なんでも、彼女が消えたのと同じ場所に突然現れたんだって」

「へえ」

湯気(ゆげ)の立つ紅茶を飲んでいたユウリが、気になったことを尋ねてみる。

「でも、そもそも、彼女はどこからいなくなったんだろう?」

それに対し、アンリは画面をどんどんスライドさせながら「ネット・ニュースには」と教えてくれる。

「母親が買い物をしていた露天商のそばからいなくなったと書いてあるけど、それと一緒に地元の人の話として、彼女がいなくなったのはサンザシの茂みのそばで、五月一日(メーデー)にサンザシの茂みの下に座るのは、昔から、妖精(ようせい)に連れ去られるとしてよくないとされていたというのが出ていた」

「……妖精に」

ユウリが納得したように呟(つぶや)いていると、アンリが「ユウリも」とからかうように言った。

「気をつけて」

「僕?」

「うん」

頷いたアンリが、パチンと指を鳴らし、「ユウリの場合」と続ける。

「そういう特別な日でなくても、油断したら向こうの世界に行ってしまいそうだから」

「……ああ」

ユウリとシモンが雄弁な視線をかわす。

実際、そのとおりであり、ユウリだけでなく、シモンにしても、それにはなんともコメントできずに、片眉をあげて静かに紅茶をすすった。

そんな彼らのいる食堂には、五月の風が甘い花の香りを運び込んでいた。

# あとがき

殺人的な暑さが続いています。

な〜んて、のっけから殺伐とした単語を使ってしまいましたが、本当に暑い。あまり冷房が好きではない私も、最近はほぼ二十四時間稼働させているくらいで、このサバイバルな夏を、皆様はいかがお過ごしでしょうか。

この本が出る頃には、少しは秋めいていてくれるといいのですが……。

そんな中、いつも仕事をさせていただいているカフェの女性バリスタさんが、ラテマキアートの上にすごく芸術的な絵を描いてくださるのに癒されています。

これが本当にかわいらしくて、あ〜、見ているだけで和む〜。

ご挨拶が遅れましたが、こんにちは、篠原美季です。今回は約半年ぶりの妖異譚シリーズ、その名も『願い事の木〜Wish Tree〜』をお届けしました。

タイトルは、作中に出てくる「願い事の木」の語感がいいというので、担当編集者の方が提案してくださったのを採用しました。文中で何度も触れていたので、言われるまで気

付きませんでしたが、たしかに想像力を刺激されるタイトルだと思います♪

狙い通り、刺激を受けてくださっているといいのですが……。

内容は、映画にもなったチェルシーのフラワーショーを舞台にしたもので、題材が花だけに、かなりファンタスティックな仕上がりになりました。ただ、そうなると、世界観にアシュレイが合わない気もするのですが、まあ、あの人は放っておいても勝手に入り込んでくるので、作者としては非常に助かります。

それにしても、チェルシーのフラワーショーか。

一度行ってみたいですね。

フラワーショーを見てキューガーデンに寄って、目一杯、英国式ガーデニングの世界を楽しんでみたいです。

きれいだろうなあ、花の園。

ただ、生け花の展覧会とかもそうなんですが、生ものなので、日数が経つにつれ、どうしても独特な臭いが出てくるのが、玉に瑕。動物園もそうですが、生き物臭が苦手らしく、つい足が遠のいてしまって、行くのはもっぱら水族館です。魚臭さはいいのかという話ではあるのですが、不思議と磯の香りは大丈夫なんです。

なんだろう。

まあ、好き嫌いの好みは、それぞれということなのでしょう。

次回作ですが、なんと、早いものでこのシリーズも二十巻目を迎えます。

「英国妖異譚」の時の二十巻目はかなり衝撃的なものでしたが、ご安心ください、今回はそういうこともなく、でも、せっかくなので、お祭り気分で少し華やかなお話にできたらいいなと考えています。

一つのシリーズを長く続けられるのは、ひとえに買って読んでくださる皆様のおかげですので、その感謝を込めて、ぜひとも気合を入れたいと思います。

はてさて、なにを書こうかな〜。

いちおうテーマは決まっているのですが、それをどう生かすかが問題です。

そんな区切り的な二十巻目を前にこの半年ばかり本当に色々あって、事象としては実に些細なことばかりなのですが、大きくくくれば、あれも一種の臨死体験と言えなくもなく（いや、まったくたいしたことないんですけどね、ちょっとヒヤリとしたくらい？）、その中で人生を根底から考え直すことになりました。

たぶん、カルマの克服的なことだと思いますが、年齢も年齢なので、というか、年齢がすべてかもしれませんが、もう一日たりとも無駄にしてはいけないなって、つくづく思い知らされましたし、この年になって初めて、数年後の自分を意識して時間を過ごすようになりました。――って、遅い？

おそらく皆様の中にも、私と一緒に十年、十五年と年を重ねて来られた方も結構いらっしゃるはずですので、似たようなことを思われているかもしれませんね。

シリーズの初めの頃はなんてことなかったようなことが、「ひええ」という結果をもたらしたり、無理を強いても、身体が昔ほど「はいは～い」と調子よく応えてはくれなかったり、あ～、これぞまさに「老化現象⁉」と焦りつつ、まあ、だったら、スローダウンすればいいし、むしろしていいのかな～みたいな甘えが出てきて、そのぶん、まわりをよく見るようになりました。そうすることで、小さい頃は当たり前のように見て感じていたあれやこれやなども、忙しさの中ですっかり忘れ去っていたのが、また身近に戻ってきたりして、それがとても新鮮に思えたりするんです。

やっぱり、地球はまわっていたんだな～的な？

そんなこんなで、私自身変化しつつ、これからも楽しい話をたくさんお届けできたらいいなと思っておりますので、末永くお付き合いいただけたら幸いです。

最後になりましたが、今回も美しいイラストを描いてくださったかわいい千草先生、そろそろ二十年来の付き合いになるわけですが、いつも本当にありがとうございます。

またこの本を手に取って読んでくださったすべての方に、多大なる感謝を捧げます。

では、次回作でお会いできるのを祈って――。

夏の宵、近づく火星に想いを馳せつつ

篠原美季　拝

『願い事の木～Wish Tree～　欧州妖異譚19』、いかがでしたか？
篠原美季先生、イラストのかわい千草先生への、みなさまのお便りをお待ちしております。

篠原美季先生のファンレターのあて先
〒112-8001　東京都文京区音羽2-12-21　講談社　文芸第三出版部「篠原美季先生」係

かわい千草先生のファンレターのあて先
〒112-8001　東京都文京区音羽2-12-21　講談社　文芸第三出版部「かわい千草先生」係

N.D.C.913　244p　15cm

篠原美季（しのはら・みき）

講談社X文庫

4月9日生まれ、B型。横浜市在住。
「健全な精神は健全な肉体に宿る」と信じ、
せっせとスポーツジムに通っている。
また、翻訳家の柴田元幸氏に心酔中。

願い事の木～Wish Tree～　欧州妖異譚19

篠原美季

●

2018年9月3日　第1刷発行

定価はカバーに表示してあります。

発行者——渡瀬昌彦
発行所——株式会社 講談社
東京都文京区音羽2-12-21 〒112-8001
電話 編集 03-5395-3507
販売 03-5395-5817
業務 03-5395-3615
本文印刷—豊国印刷株式会社
製本———株式会社国宝社
カバー印刷—信毎書籍印刷株式会社
本文データ制作—講談社デジタル製作
デザイン—山口　馨


ISBN978-4-06-513140-4

講談社X文庫ホワイトハート
バイトは、死者の魂が見える
大学生・半井結人。
二人とかかわる閻魔さまは、
なんと超絶美少年！
現世に迷う魂を送る、
こころ優しき物語。

## 講談社X文庫ホワイトハート・大好評発売中！

**アザゼルの刻印**
欧州妖異譚1
**篠原美季**
絵／かわい千草

お待たせ！　新シリーズ、スタート!!　ユウリが行方不明になって2ヵ月。失意の日々をおくるシモン。そんなシモンを見て、弟のアンリが見た予知夢。だが確信が持てず伝えるべきか迷っていた……。

**使い魔の箱**
欧州妖異譚2
**篠原美季**
絵／かわい千草

シモンに魔の手が!?　舞台俳優のオニールのパーティーに出席したユウリとシモンは女優のエイミーを紹介される。彼女はシモンに一目惚れ。付き合いたいと願うが、彼女の背後には!?

**聖キプリアヌスの秘宝**
欧州妖異譚3
**篠原美季**
絵／かわい千草

ユウリ、悪魔と契約した魂を救う!?　死んだ従兄弟からセイヤーズに届いた謎の「杖」。その日から彼は、悪夢に悩まされる。見かねたオスカーは、ユウリに助けを求めるのだが!?

**アドヴェント～彼方からの呼び声～**
欧州妖異譚4
**篠原美季**
絵／かわい千草

悪魔に気に入られた演奏！　若き天才ヴァイオリニスト、ローデンシュトルツのコンサートがあるので、古城のクリスマスパーティーに出席したユウリ。だがそこには仕組まれた罠が!?

**琥珀（こはく）色の語り部**
欧州妖異譚5
**篠原美季**
絵／かわい千草

ユウリ、琥珀に宿る精霊に力を借りる！　シモンと行った骨董市で、突然琥珀の指輪を嵌められてしまったユウリ。一方、オニールはその美しいトパーズ色の瞳を襲われる。琥珀に宿る魔力にユウリは……!?

## ホワイトハート最新刊

**願い事の木 ～Wish Tree～**
欧州妖異譚19
**篠原美季** 絵／かわい千草

メーデーに消えた少女と謎を秘めた木箱。チェルシーで開催されるフラワーショーに出かけたユウリとシモン。「願い事の木」を囲むサンザシの繁みで、ユウリは行方不明になった少女メイをみかけるのだが。

**恋する救命救急医**
キングの憂鬱
**春原いずみ** 絵／緒田涼歌

ドクターヘリで舞い降りるラブストーリー！ フライトナースの筧は、学生時代偶然ドクターヘリに乗り込む医師・神城を見て憧れ、その後を追ってきた。共に中央病院に異動したが、新たな神城の一面を知り――。

**沙汰も嵐も**
再会、のち地獄
**吉田 周** 絵／睦月ムンク

転生してみたら、なぜか地獄の番人でした！ 事故死した中学生の疾風が、再び目覚めた場所は地獄。しかも角つきイケメンの黒星から再会を喜ぶ猛烈ハグを受ける羽目に。どうやらこの男、疾風の相方らしく……？

## ホワイトハート来月の予定（10月5日頃発売）

**桜花傾国物語** 花の盛りに君と舞う…………………… **東 芙美子**
**龍の美酒、Dr.の純白** ………………………… **樹生かなめ**

※予定の作家、書名は変更になる場合があります。